한 뼘의 계절에서 배운 것

한 뼘의
계절에서 배운 것

1판 1쇄 발행 2022. 10. 31
1판 2쇄 발행 2023. 04. 30
지은이 가랑비메이커
편집 | 디자인 고애라
발행처 문장과장면들 (979-11) 966454
등록 2019년 02월 21일 (제25100-2019-000005호)
팩스 0504) 314-0120
이메일 sentenceandscenes@gmail.com
인스타그램 instagram.com/sentenceandscenes

세상에 작은 빛을 전하기 위해 책을 만듭니다.
문장과장면들은 우리가 이야기하는 방식입니다.

한 뼘의
계절에서
배운 것

가랑비메이커

계절 에세이

문장과장면들

사계절의 전환이 없었더라면
내 몫의 문장은 절반도 되지 않았을 거다.
춥고 더운, 시끄럽고 고요한 계절의 변화가
좁고 얕은 나의 세계를 무한히 밝혔다.

가난한 애정도, 옅은 질투도
겨우 한 뼘의 계절에서 왔다.

한 뼘의 계절에서 배운 것은
무궁무진하다.

사계절이라는, 축복

매일 같은 길을 배회하면서도 조금 더 나은 나를 기대할 수 있던 건 한 뼘의 계절 덕분이었다. 매일 조금씩 짙어졌다가 옅어지는 계절의 색을 마주하고 냄새를 맡으며 지루한 시절을 견딜 수 있었다. 평생 떠나본 적 없는 오래된 동네에서 이따금 길을 헤매며 낯선 구석을 발견할 수 있던 것도 변화무쌍한 계절 덕분이었다.

언 땅에 부서진 재처럼 남은 메마른 풀과 잔뿌리를 밟으며 고요한 겨울을 지나면, 마른 나뭇가지와 컴컴하던 땅에도 푸른 새순이 돋는 봄이 내려앉는다. 겨우내 발등만 보며 걷던 습관은 해가 깊숙이 드는 봄이 오면 자연히 사라진다. 푸른 잔디와 굵어진 나무, 그 위에 내려앉은 작은 새들을 올려다보며 걷는 걸음은 나른한 봄기운에 취해 왈츠처럼 우아해지곤 한다.

겨울에서 봄, 움츠렸던 몸이 활처럼 펴지는 계절의 전환 앞에서 공연히 게을러진 나를 마주한다. 여전히 정리하지 못한 무채색의 겨울옷, 제때 먹지 못해 곪은 고구마와 귤, 대충 눌러쓴 모자 속 무성하게 자라난 머리……. 언제까지고 모르는 체하며 덮어둘 수 있을 줄 알았던 것들이 손길을 갈구하는 계절, 무거워진 몸을 일으키며 구석구석 나의 쓸모를 발견하는 일은 새 계절을 여는 첫 번째 스텝이다.

나른하던 공기가 후끈하게 달아오르는 여름에는 종일 무얼 먹을까 궁리한다. 먹지 못해 안달난 사람의 허기가 아닌, 도처에 널려 있는 탐스러운 재철 과일과 채소를 어떻게 요리하면 좋을지 고심하는 셰프의 마음이다.

　　주방일보다는 청소를, 요리보다는 설거지를 좋아하는 나에게도 여름은 제 손으로 맛을 내고 싶어지는 계절이다. 불을 쓰지 않고도 툭툭 썰어 낸 과일과 채소로 채운 접시를 비우고 주전자에 담긴 보리차를 쪼르륵 따라 마신다. 이마에 맺힌 땀방울을 소매 끝으로 훔치는 일까지 건강한 식사가 되는 계절에는 유난히 다양한 표정을 짓는다. 타는 듯한 더위에 잔뜩 찡그렸다가도, 곁을 머무는 한 줌의 바람과 한 뼘의 그늘에 옅은 웃음이 번진다.

　　한낮의 대화와 한밤의 산책으로 활기 넘치는 계절을 보내고 나면 어느새 한적한 계절, 가을이 도착해 있다. 소리 없이 드리워진 사색의 시간, 여럿보다는 홀로 보내는 시간이 긴 가을은 냄새라는 짙은 흔적을 남긴다.

건조한 공기를 타고 선명하게 실려오는 흙과 나무 냄새, 갓 내린 커피 냄새, 섬유 유연제 냄새. 홀로 길을 거닐어도 수많은 서사를 펼치게 하는 가을의 냄새는 지난 시절과 사람들 속으로 나를 당겨낸다. 목소리를 내지 않아도 대화를 주고받고 맞닿지 않아도 온기를 느낄 수 있는 사색의 계절은 언제나 아쉬움을 남기고 금방 돌아서버린다.

해가 짧아지고 서늘한 바람의 기운이 거세지면 겨울이 찾아온다. 한 해의 시작과 끝을 욕심 있게 차지하는 계절. 두꺼운 외투에 목도리를 두르고 모자를 눌러써도 코끝과 손끝으로 전해지는 촉감은 그 어느 때보다 생생하다. 여린 살갗을 훑고 지나가는 찬바람, 우연히 스친 손끝에 스파

크처럼 이는 정전기, 따듯한 머그잔을 움켜쥐었을 때 지문이 녹는 듯한 느낌.

둔한 옷차림으로 종종거리는 계절이지만, 나에게 겨울은 그 어느 때보다도 생의 감각이 민감하게 되살아나는 계절이다. 얼어붙은 핸드크림을 힘껏 짜고 문지르는 일, 밤새 한 땀 한 땀 짠 목도리를 마침내 목에 두르는 일, 차가운 귀를 감싸며 바보처럼 웃는 일, 주머니 밖에서 서로의 손을 잡고 흔들며 걷는 일. 우리가 겨우내 하는 모든 일이 여전히 살아있음을 온몸으로 확인하는 일인지도 모른다. 지독한 추위로부터 지지 않고 한 해의 끝부터 시작까지, 여기 생동하며 살아가고 있다고.

그리하여 겨울이 오면, 습관처럼 해오던 모든 일들이 살기 위한 것처럼 필사적으로 느껴질 때가 있다. 느슨해졌던 일상을 조이는 차가운 생의 감각은 매일 홀로 쓰고 펴내는 나에게는 유일한 감시자이자 동료이다.

나른한 봄기운에 취하는 것. 뜨거운 여름 한 낮의 그늘과 열대야를 수다스럽게 오가는 것. 센치한 기분으로 낙엽을 밟으며 사라진 등을 좇는 가을의 산책과 하얀 입김을 뱉으며 생의 감각을 일깨우는 겨울의 아침을 누리는 것. 사계절이 분명한 곳에 태어난 것은, 내가 가진 축복 중 축복이라 믿는다. 영감을 채우기 위해 때마다 어디론가 훌쩍 떠나고 갈증 없이 배울 수 있는 형편이 되지 않는 내가 매일 새로운 문장을 쓰고 낯선 장면을 담을 수 있던 건, 변함없이 돌아오는 계절 때문이었다. 가난한 예술가에게 값없이 돌아오는 계절보다 좋은 영감은 없다.

　　봄이 되면 식곤증에 꾸벅꾸벅 졸면서 책을 썼고 여름이면 불같이 찾아오는 불쾌감과 미묘한 기운을 물리치며 글을 읽었다. 가을에는 이따금 아무것도 쓰지 않으며 공상에 빠져 있었고, 겨울이면 발등에 떨어진 불이 꺼지지 않기를 바라며 부지런히 몸을 움직였다.

　사계절의 순환이 없었더라면, 작업과 삶에는 긴장과 이완이라는 밀고 당기기도 없었을 거다. 무한정 늘어진 삶을 살거나 매초 스스로를 다그치기만 하며 현재의 기쁨과 슬픔의 맛을 알지 못했으리라. 그리하여, 나에게 날마다 새로운 배움을 전해준 계절들을 지나며 문장들을 엮었다.

　계절의 테두리가 아닌 계절의 한 가운데를 거닐며 느꼈던 민낯의 감정과 감각을, 새로운 계절 속에 서있는 당신에게 전송한다.

　가난한 애정도, 옅은 질투도 겨우 한 뼘의 계절에서 왔다. 못난 모습도 잘난 모습도, 가끔은 모두 계절의 몫으로 두어도 좋다. 조금 모자란 듯한 계절이 지나고 다시 새 계절이 오면 지금의 휘청이는 걸음은 단단한 지도가 될 것이다. 그제야 지난 계절을 돌아보며 헤아릴 수 있을 거다.

　한 뼘의 계절에서 배운 것들을.

목차

일러두기

2018-2022, 긴 호흡의 이야기를 '겨울, 봄, 여름, 가을, 그리고 다시 겨울' 계절의 흐름에 따라 펼쳐 두었습니다.

가 을

겨 울

눈이 오면

늦은 오후부터 한밤중까지 굵은 눈발이 내렸다. 어릴 적에는 눈이 오면 양말을 두 겹씩 신고 그 위에 털 부츠까지 신고 나서야 밖을 나설 수 있었지만, 챙겨주는 손길 없는 나이가 되고 나니 마음만 먹으면 맨발에 슬리퍼 끌고도 하얀 눈 덮인 주차장으로 달려갈 수 있다. 다만, 그 마음이라는 게 잘 먹어지질 않았다. 눈이 온다며 떠들썩하게 주고받는 연락과 인스타그램 피드 속에 속보처럼 올라오는 새햐얀 장면들에도 도통 남들만큼 들뜨지가 않았다. 드물게 찾아와 준 흰 눈이 반갑고 예뻤지만 그뿐이었다.

하얗게 덮인 세상은 작은 탄성을 뱉게 할 뿐, 나를 현관 밖으로 이끌어내지는 못했다. 그렇게 좁은 걸음으로 베란다를 서성이며 몇 번의 겨울을 지나왔다.

지난 몇 해의 겨울은 인도네시아에서 더위와 맞서며 보냈다. 그 이후로 한국에서 맞는 겨울은

갈수록 더 추워지기 시작했고 눈을 구경하는 일은 더욱 드물어졌다. 그러자 덤덤하던 나의 태도도 달라졌다. 눈 예보가 있는 날이면 종일 창가를 서성인다. 창밖의 작은 기척에도 눈이 오는 것은 아닐까, 일에 집중하지 못한다. 그러다 슬그머니 눈이 내리기 시작하면 평소에는 잘 하지 않던 전화를 여기저기 건다. 특별히 전하고 싶은 안부는 없어도 눈이 왔다는 소식만큼은 먼저 전하고 싶어졌다.

내리는 눈을 가만히 바라볼 때면 눈이 지닌 힘에 대해 생각해보고는 한다. 오래된 동네를 동화 속처럼 만들어 버리는 로맨틱한 둔갑술에 대하여. 저 높은 하늘에서 대지 위로 안착하기 위해 지나와야 했을 긴 여정과 인내에 대하여. 미지근한 손바닥 위에서 소리 없이 사라지는 눈의 모습에서는 겸손을 배우기도 한다.

그뿐일까. 한밤중에 내리는 눈은 밤눈이 어두

운 나에게는 길을 밝혀주는 환한 등이 된다. 고개를 젖혀 하늘을 바라볼 때면 느린 춤을 추며 내려오는 작은 눈송이들의 다정한 환대가 이어진다.

눈과 함께라면 수면 양말에 슬리퍼를 끌며 편의점을 오가는 길마저 낭만적인 필터를 입는다. 멋대로 작은 영화 속 주인공이 되는 상상을 하면서 길을 걷다 보면 목적지를 알 수 없는 그리움이 가슴속에서 번진다. 평소라면 고개를 저으며 희미한 감정을 밀어냈겠지만, 눈이 오는 날에는 기꺼이 용기를 낸다. 부러 음악과 영화 속으로 걸어들어간다. 완전한 시작도 엔딩도 없는 세계에서 마음껏 눈을 맞으며 희미한 감정들이 더 짙어지기를 기다린다.

오늘은 늦은 밤 산책을 마치고 난 후에 영화 〈소공녀〉를 보았다. 영화가 끝난 후에는 자이언티의 〈눈〉 뮤직 비디오를 연달아 챙겨보는 것도 잊지 않았다. •

생각에 잠긴 얼굴로 창밖을 바라보던 미소.

웃는 것도 우는 것도 아닌 얼굴로 홀로 눈길을 걷던 미소. 작은 잔에 담긴 위스키를 오래 아껴 마시던 미소. 아무도 모르게 어디론가 긴 여행을 떠난 미소. 그런 미소를 기다리며 홀로 눈을 맞는 남자.

한밤중에 내리는 눈을 볼 때마다 저 어딘가에 정말 있을 것만 같은 그들이 유독 가깝게 느껴지는 건 나뿐일까. 이런저런 생각을 하다가 언젠가 서로의 어깨에 머리를 기댄 채 창밖으로 내리는

• 자이언티 <눈>의 뮤직 비디오는 영화 <소공녀>의 후속 이야기처럼 이어진다. 영화에서 미소를 두고 떠났던 한솔의 이야기가 담긴 뮤직 비디오는 나를 울게 하지만, 눈물에는 옅은 안도도 함께 있다. 영화 <소공녀>의 전고운 감독과 <눈>의 뮤직 비디오의 이요섭 감독이 부부라는 점도 로맨틱하게 다가왔다.

눈을 함께 보았던 이를 떠올렸다. 그리운 적 없던 그를 떠올린 것은 틀림없이 눈 때문이었을 거다. 해묵은 기억들이 하얀 눈에 둘러싸여 둥글둥글 뭉툭해져서 마음속으로 굴러들어왔을 거다. 지난 시절을 떠올려 보다 가만히 속으로 안부를 묻는다. 눈이 오는 날이면 여전히 그 노래와 그 영화를 보는지.

언젠가 눈이 내리는 걸 좋아한다고 용기 내어 말했던 내게 "어차피 사라져 버릴 거잖아. 지저분하게." 라던 이도 있었다. "영원하지 않은 것, 결국 뭉개져 버린다는 것을 이유로 눈을 사랑할 수 없다면, 우리가 사랑할 수 있는 것에는 무엇이 남나요." 라는 말은 차마 하지 못했다. 긴 기다림 끝에 짧은 조우였던 흰 눈을 그 사람과 함께 맞았다는 사실만으로도 기뻤던 시절이었다.

이제 더는 눈을 좋아한다고 누구에게도 함부로 고백하지 않는다. 눈으로만 담는 눈보다는 머리로 맞는 눈과 사뿐히 밟아보는 눈이 더 아름답다는 사실을 조금 늦게 알게 된 만큼, 조금은 더 조심스럽게 이 마음을 간직하고 싶다.

사무치는 그리움도 옅게 남겨진 서운함도 새하얀 눈이 녹으면 흔적도 없이 사라지게 될 것을 안다.

깨끗한 마음으로 쓰는 산책

새봄은 아침을 잃지 않으려 애쓰는 계절이다. 집 앞으로 난 산책로는 거닐 때마다 달라져 있다. 바람의 방향이, 나무와 꽃의 냄새가, 흙에서 올라오는 습기가 날마다 다르다. 며칠 같은 옷을 입고 같은 운동화를 신고 밖을 나섰지만 이 계절의 한가운데를 걷는 나는 늘 새롭다.

헌 옷차림 속에 새 마음을 감춘 채 밖을 나선다. 어둑한 저녁이 내려앉으면 다시 헌 마음이 될지도 모르지만 아침에는 언제나 새로운 기분을 입고 새 걸음을 뗀다. 늘 앉던 벤치에서 낡은 책을 넘길 때도, 철봉 위에서 용을 쓰며 무릎을 접어 올릴 때도 백지의 마음이 된다. 며칠째 같은 시간에 같은 벤치에 앉아 있는 할머니의 유모차를 볼 때도, 하굣길로 쏟아져 나온 아이들의 맑은 괴성을 들을 때도.

바뀐 해는 어느덧 셋째 장 달력을 채워가고 있는데, 여전히 새로울 수 있다는 것이 새삼 감격

스럽다가도 이내 서글퍼진다. 매일 입는 새 마음
이란 결국, 매일 이별하는 것일 테니까.

　　서른이 되어도 삶에는 쉬운 구석이 하나 없다.
늘어난 것은 비운 밥그릇과 실수뿐인 것 같다는
생각에 실소를 하는 저녁이 드문드문 찾아온다.
여전히 모든 순간이 처음 혹은 마지막인 것만 같
아서 어리둥절해 하기도 한다. 이 계절이 저 계절
로 멀어져 가는 환절기에는 더욱 그렇다. 단 한
번도 같은 모양을 한 적 없는 구름 아래에서 단
한 번도 같은 시간에 찾아온 적 없는 이 바람을,
나는 언제쯤 기쁘게 누리기만 할 수 있을까 하고
생각한다.

•　　저서 『지금, 여기를 놓친 채 그때, 거기를 말한들』
수록글 '유한하고 사소하여'

쓰는 일이 아무리 두통 같은 조바심을 떨칠 수 없는 일•이라 하여도, 잠시 머무는 계절조차 쉬이 누리지 못하는 건 억울한 일이었다.

　제 자리를 찾고자 부단히 애를 썼는데, 돌아보면 모두 이방인과 주변인으로서 남긴 흔적뿐이다. 나그네로 사는 삶이란 걸 알지만 가끔은 이토록 작고 좁은 삶에도 주인 행세를 하고 싶을 때가 있다. 그럴 때마다 더 자주 밖을 나서지만 선명해지는 것은 제철의 날씨뿐이다. 하늘이 파랗고 녹음이 짙은 날에는 눈앞은 선명해지고 나는 조금 더 흐려진다. 흐려지는 나를 두고만 볼 수 없어서 따사로운 햇볕에 등을 데우며 손바닥만 한 노트를 펼쳐서 무엇이든 써나간다.

솜사탕 같은 비눗방울
깡총 묶은 어린아이의 머리
작고 마른 개
트로트와 체조

쓰는 것은 결국 눈 앞의 사물과 사람. 쓰면 쓸수록 주변은 선명해지고 그 가운데 놓인 나는 투명해진다.

아직은 고작 작은 노트와 펜의 주인에 불과하지만, 주변을 밝히고 밝히다 보면 내 발등 정도는 선명하게 비출 수 있지 않을까. 여전히 어디로 가고 있는지 알 수 없지만 무언가 쓰고 있다는 사실만으로 다시 깨끗한 백지를 마주할 용기를 얻는다.

이방인과 주변인 사이를 오다가 보면 언젠가는 이름을 새기지 않아도 내 것인 것들이 늘어 있을지도 모른다. 이 낙관적인 마음은, 오늘 아침 산책에서 입은 것이다. 목적 없는 아침 산책은 작고 나약한 고민의 터널을 지나며 몇 줄의 선명한 문장이 된다. 삐뚤빼뚤하게 쓰인 문장을 조용히 웅얼거리고 나서야 나의 긴 산책은 끝이 난다.

바다 수영, 한 가운데

타는 듯한 더위에도 바다는 밖에서 바라보는 것으로 만족하던 내가 난생처음 바다 수영을 하게 된 건 4월의 제주에서였다. 제주의 4월은 서울의 여름만큼, 어쩌면 그보다 따사로웠다. 비가 올 거라던 예보에도 불구하고 화창했던 그날은 제주에 머문 이래 가장 뜨거운 날이었다.

25도의 4월. 가져온 옷들 중에서 가장 짧은 옷을 꺼내 입고 어색하게 호텔 밖을 나섰다. 빨간색 바탕에 하얀 꽃무늬가 어지럽게 새겨진 짧은 티셔츠의 밑단을 부지런히 붙잡으며, 여름의 첫 장이 팔랑거리는 한나절을 걸었다.

Y가 렌트한 차의 뒷좌석에 앉아서 S의 플레이리스트를 들으며 좁은 창 틈 사이로 비쳐 들어오는 바람 냄새를 맡았다. 청명하고 눅눅한 바람에 두 눈을 감으니 여름과 가을 사이에 와있는 것만 같았다.

제주의 4월은 다양한 계절의 모양을 하고 있

었다. 그 때문이었을까. 우리는 곳곳에 쏟아지고 불어오는 계절을 음미하기 위해서 어디서든 몸을 누였다. 동백꽃이 툭툭 떨어지는 벤치에 늘어지게 앉아서 S는 내 책을 펼쳐 읽었고 Y는 카메라를 들었다. 나는 그 둘을 가만히 바라보다가 S의 책을 빼앗고는 Y에게 사진 한 장을 부탁했다. 책을 빼앗긴 S도 무언가에 열중하던 Y도 소리 없이 웃으며 나를 바라봤다. 나는 그 순간, 우리가 이 순간을 그리워하게 될 거라고 직감했다.

서로 다른 지역에서 살며 함께하는 시간보다도 그리워하는 시간이 많은 우리가 반짝거리는 4월의 제주에서 함께라는 사실이 비현실적으로 느껴졌다. 페어와 세미나를 위해 제주에 온 나의 일정에 따라서 제주에 온 S, 서프라이즈 선물처럼 등장한 Y. 4월의 제주에는 나만을 위한 크리스마스까지 있는 모양이었다.

앞서 걷는 그들의 뒷모습을 보는데 하마터면

행복이라는 단어가 왈칵 쏟아져 나올 것 같아서 시답잖은 농담을 던졌다. 어색하게 던진 농담에서 나의 행복을 눈치 챈 것인지 S와 Y가 나 대신 외쳤다.

"나 지금 엄청 행복해!"
"사랑해, 얘들아."

행복과 사랑이라는 말은 쓰면 쓸수록 달아날 것만 같아서 쉬이 뱉지 못하는 나와는 다르게 행복과 사랑의 앞머리만 보여도 큰 소리로 행복하다고, 사랑한다고 말하는 이들의 곁에서 나도 작게나마 그렇다고 말할 수 있었다. 여전히 행복과 사랑의 꽁무니가 사라지려고 할 때서야 황급하게 외치는 것이 전부지만, 언젠가는 나도 이들처럼 천진한 얼굴을 하며 한가운데의 행복과 사랑을 외칠 수 있지 않을까.

난생처음 바다 위에 몸을 띄웠던 그 순간, 한

가운데의 행복과 사랑을 느꼈던 것 같다.

　푸른 제주 바다에 신을 벗고 뛰어 들어가게 된 건 무더운 날씨에 갑작스럽게 용감해진 마음 때문이었다. 바다 수영을 해본 적 없던 것도, 수영을 전혀 하지 못하는 것도 나뿐이었다. 이제껏 바다는 보는 것만으로도 충분하다고 여겼던 게 억울할 만큼 함덕 해변은 아름다웠다. 푸른 물빛의 잔잔한 바다와 들떠 있는 친구들 보자, 난생처음 바다에 몸을 맡겨보겠다는 결심이 섰다.
　공기는 여름처럼 뜨거웠지만 바닷물은 아직 차가웠다. 호기롭게 들어섰던 게 무색할 만큼 나는 바다 속에서 어쩔 줄을 몰랐다. 자유롭게 헤엄치는 Y와 S 사이에서 나는 홀로 두 발을 땅에 디딘 채 배회했다. 바닷가 산책로를 거니는 여행객들이 보일 때마다 엉거주춤 서있는 내게 S는 수영을 알려주겠다고 했다. 나는 그저 몸을 띄우기만 해도 좋겠다며 S에게 몸을 맡겼다.

젓가락처럼 몸을 길게 늘이고 누워서 힘을 빼기까지 긴 시간이 걸렸다. 힘을 뺏다 싶으면 한쪽으로 기우뚱 기울어지며 눈코입과 귀에 물이 잔뜩 들어갔다. 그제야 물이 쓰다던 Y와 S의 말, 바다의 쓴맛이 무엇인지 알았다. 바닷물을 맛보는 데도 용기가 필요했다.

처음 몸이 떴을 때, S와 Y의 흥분 가득한 목소리가 일렁이는 물결에 실려 멍멍하게 전해져 왔다. 웃음소리가 천천히 멀어지고 귓가에 찰랑이는 잔물결 소리만 남았을 때 비로소 몸이 떴다는 감각이 느껴졌다. 그제야 질끈 감았던 눈을 떴다. 흐려졌던 시야는 조금씩 선명해지더니 이내 부서져 내리는 햇살에 다시 흐려졌다.

멍멍한 귓가, 흐린 시야. 모든 게 불투명한데 마음은 조금도 불안하지 않았다. 할 수 있는 것이라고는 몸이 가라앉지 않도록 힘을 빼는 것이 전부인 그 순간이 가장 온전하게 느껴졌던 건 왜였을까. 숱한 이유를 찾아 보탤 수 있겠지만, 늦은 이유를 줄줄 떠올려보는 대신에 바다에 떠있었을 때의 감각을 자주 떠올렸다.

유연함과 자유함, 그 끝에 소리 없이 찾아와 머물던 평온함.

작은 섬, 낯선 바다에서 행복에 닿을 수 있었던 것은 나를 바다 한가운데로 이끌어 준 다정한 손길과 목소리, 그리고 기꺼이 몸을 맡기기로 한 한가운데의 결심 덕분이었다. 이 모든 걸 하나로 이어주었던 것은 아직 소리내어 고백하지 못한 나를 향한 사랑이었을 거다.

늦게나마 빈 페이지를 채우며 고백한다. 제주의 봄에서 우리가 마주했던 찬란한 여름, 가을, 겨울의 한나절. 진부하게 행복하고 사랑한 시절이 거기에 있었다고.

셋방, 해방 편지

해가 길어지고 짧아진 밤은 더욱 짙어졌다. 온종일 환한 마음으로 거리를 거닐다가도 서서히 스며든 어둠에는 언제나 속수무책이 되는 계절이다. 낮이 길어졌다고 해서 밤을 준비하는 시간이 넉넉해지는 것은 아니다. 도리어 영영 밤이 오지 않을 것처럼 낭비하는 낮이 늘어간다.

창밖의 기온이 따듯해지면 나는 자주 잠에 든다. 밥을 먹다가도 커피를 마시며 턱을 괴다 가도 버스 창가에 앉아서 음악을 듣다가도 종종 깨어 있는 채로 꿈속을 거닌다. 아주 깨어 있는 것도 아주 잠든 것도 아닌, 바야흐로 나른하고 몽롱한 계절이 시작된 것이다.

오뉴월에 찾아오는 춘곤증과 식곤증은 눈꺼풀만이 아니라 날선 이성마저 덮는다. 스르륵-, 두 눈이 한 번 두 번 감길 때마다 날카롭던 기억들은 제멋대로 뭉툭해져 있다. 아직은 용서하고 싶지 않은 이름들, 여전히 떨쳐낼 수 없는 기억들이 면죄부를 얻는 계절에는 괜한 용기를 내기도 한다.

'괜찮으면 한 번 볼까, 우리.'

홀로 보내는 한낮의 시간이 무척 적요하다는 핑계로 오래된 이름을 지나치게 깊이 명상한 탓이다. 나의 기억 속 작은 방에 세를 들고 근근이 살아가던 이름은 완전히 사라진 듯 했어도 아직 그곳에 있는 모양이었다. 나른함에 취해 깜빡 잠이 들 때마다 그의 실루엣이 아른거리는 것을 보면, 어쩌면 인간의 무의식을 이끌어내는 힘은 꿈보다도 계절에게 있는 게 아닐까 싶다.

수계절 전에 등을 보이며 멀어진 그의 이름을 부른 것은 나의 용기였고, 재회를 성사시키지 않기로 한 것은 그의 용기였을 것이다. 하고 싶은 말도 듣고 싶은 말도 없이, 만나고 싶었던 마음은 무엇이었는지. 그를 만날 수 없게 되었다는 사실을 받아들이고 나니 마음에 바람이 통하는 것 같았다. 슬픈 예감은 언제나 틀린 적이 없고 때때로 그러한 적중은 실망이 아닌 안도를 주기도 한다. 참으로 아이러니한 마음이다.

긴 침묵을 깨며 오래 닫혀 있던 문을 두드릴 수밖에 없던 것은 지금이 아니라면 영영 그를 내보낼 수 없었을 것 같았기 때문이었다. 수년째 아무 소식도 안부도 없이 그저 희미한 실루엣으로 머물러 있는 그에게서 이제는 방을 탈환하고 싶었다. 좁은 가슴에는 웅크리고 있는 추억도 컸다. 그리하여 문을 열기로 했다. 뚜벅뚜벅 걸어 나오는 그는 볼 수 없었지만 묵은 먼지를 털어낼 수 있었다. 가뿐함과 허전함을 번갈아 느끼며 며칠을 보냈다. 오래 품었던 이름을 완전히 보내주기 위해서는 환기의 시간이 필요했다.

고요한 평일의 한낮에 연남동 골목을 거닐었다. 정처 없이 헤매듯 길을 걷는 것은 복잡해진 마음을 정돈하는 오래된 습관이다. 좁은 골목을 몇 바퀴 돌고서야 고요한 공간에 문을 밀고 들어섰다. 이름 대신 앉은 자리의 숫자로 불리는 곳. 처음 보는 이들과 자유롭게 이야기를 나누고 내가 나에게 편지하는 곳. 언젠가 이 공간•에 대한 소개를 보며 비밀이 생기거나 필요할 때면 들러보겠다고 마음먹었던 것을 필사적으로 떠올렸다. 지금의 내게 필요한 공간이었다.

내가 나에게 편지를 써준 적이라고는 어린 시절에 썼던 타임캡슐과 해가 가고 올 때마다 다이어리의 끝과 끝에 남겼던 짧은 다짐과 소회가 전부였다. 모든 게 손가락 끝으로 전송되는 세상에서, 모든 기록이 동기화 돼 영영 잃어버릴 일이 없는 시대에서 나를 향한 편지가 유일한 목적이

• 이어진라운지 | 연남동

되는 공간은 글을 쓰는 내게도 익숙하지 않았다.

　기다란 공간에 놓여 있는 기다란 책상. 벽면에 나란히 서있는 큰 책장과 그 안을 빼곡히 채운 책들. 유리창 안으로 쏟아지는 햇살과 소리 없이 땀을 흘리고 있는 유리잔.

　공간을 천천히 살펴보며 눈앞의 장면에 익숙해지고 나서야 비로소 연필을 쥘 수 있었다. 처음 몇 줄은 내가 아닌 불특정 다수를 향한 문장들이었다. 글을 쓰는 직업을 얻고 난 후에 가장 어려워진 일은 일기를 쓰는 일이었다. 미지의 독자가 아닌 오직 나를 위한 글을 쓰는 일은 여러 이유로 미뤄졌고, 그 탓에 나는 나만을 향하여 목소리를 내는 법을 오래 잊고 있었다.

　그럴듯하게 쓴 문장들을 연필로 까맣게 긋고 가만히 눈을 감았다. 분주하던 마음이 차분히 가라앉자 나 외에는 무엇도 떠올리지 않는 시간이 찾아왔다.

가만한 마음으로 한 줄 한 줄 써나간 편지는
이렇게 시작되었고

'다른 이들의 이름은 목이 쉬도록 불렀는데,
거울 앞에서 너를 볼 때면 과묵해져. 어떤 말을
건네야 할지 고민하다가 결국 또 침묵하며 계절
을 보내고 이렇게 또 나이를 먹었다. 너에게 늘
해주고 싶은 게 많았는데 정신을 차려보면 나는
늘 생선의 꼬리, 식은 피자, 헤진 머플러만 쥐고
있다……'

이렇게 맺었다.

'당장은 가난한 계절처럼 보이는 지금도 지나
고 보면 그저 반짝이던 시절처럼 남겨질 거야.
지나오기만 하면.'

글을 쓸 때면 쓰는 사람과 동시에 읽는 사람

이 되지만, 목소리를 내어 문장을 읽을 때면 쓰는 나는 희미해지고 읽는 나만이 선명해진다. 그 탓에 무표정한 얼굴로 담담히 썼던 문장을 읽을 때는 간신히 울음을 삼켜야 했다.

편지를 읽으며 이토록 아름답고 찬란한 계절에 가난한 마음에 되었던 이유는 오래된 이름에 있지 않다는 것, 내 좁은 가슴을 채워야 하는 것은 그 누구도 아닌 나라는 것을 알았다. 두터운 믿음과 다정한 시선을 찾아서 지난 기억 속을 헤집는 일을 멈추고 이제는 내 안을 들여다보아야 했다.

돌이켜 보면 너무 오랜 시간 바깥을 향해 서있었다. 글이 향하는 곳만이 아니라 목소리를 내는 일도 마찬가지였다. 좀처럼 혼잣말을 하지 않는 내가 소리를 내는 것은 누군가와 함께일 때뿐이었다. 아무도 없는 곳에서는 비명도 탄식도, 심지어 울음마저 늘 고요했다. 내가 나에게 아낀 것은 문장도 목소리도 아닌 마음이었다. 그러나 이제는 내게 아꼈던 마음을 낭비하기로 결심한다. 지나간 이름에 작은 미련을 보태며 셋방을 내어주는 일은 완전히 끝이 났다. 마음 깊은 곳에 숨어 있던 개미굴을 모두 허물기로 했다.

그곳에 머물렀던 기억들은 등을 떠밀지 않아도 새 계절이 오면 사라져 버릴 것이다. 이제서야 이 계절의 주인이 된 기분이다. 무거운 눈꺼풀에 힘을 주고, 흐물거리던 다리를 곧게 펴고 이전과는 다른 마음으로 걸어나갈 것이다.

새 학기

어느새 3월, 비로소 새 시작을 떠올리게 되는 건 새 학기가 시작되는 달이기 때문이다. 길어진 해가 이른 저녁이 돼서야 뉘엿뉘엿 사라지고 구름이 가늘어지는 계절.

다름 아닌 3월을 새 학기로 정하게 된 건 추위에 움츠러들었던 몸과 마음이 스르륵 풀어지기 시작하는 날씨 때문이었을까.

등하교도 급식도 교복도 없는 3월을 보낸 지 어느덧 10년이 됐다. 그런데도 여전히 달력을 넘겨 3월을 맞이할 때면 어느 것보다도 새 학기라는 단어가 먼저 떠오른다. 길가로 쏟아져 나오는 교복 입은 아이들을 마주할 때마다 잊고 싶지만 쉽게 잊을 수 없는 그 시절의 냄새를 맡는다.

좁고 깊은 주머니 속에 가라앉아 있던 날카로운 기억이 불쑥 고개를 들 때마다 작은 가슴은 두근거린다. 흐르는 세월과 함께 굳은살이 배기도 했지만 내게는 3월이면 떠오르는 여전히 서늘하고 서글픈 시절이 있다.

환한 계절과 달리, 그늘진 시간을 견뎌야만 했던 나와 같은 이가 어딘가에 또 있지 않을까. 오늘도 여전히 땅만 보며 걷고 있을 누군가를 위해 나의 구겨진 시절을 잠시나마 펼쳐보려고 한다.

쌍둥이라는 이유로 쏟아지던 호기심 어린 시선은 새 학기마다 감내해야 하는 몫이었다. 그 시선이 엉뚱한 방향으로도 번질 수 있다는 것을 알게 된 것은, 두 대의 버스를 갈아타며 오갔던 고등학교 1학년과 2학년 새 학기 때였다.

따돌림의 이유를 정확하게 찾을 수는 없었지만 어렴풋이 짐작은 할 수 있었다. 그 시절, 그 세계에서 다른 이들보다 튄다는 게 얼마나 괴로운 일인지 모르는 사람은 없을 거다. 아무리 생각해도 달리, 이유를 찾을 수 없어서 쌍둥이라는 사실을 원망하던 시절이 있었다. 호기심으로 두 눈을 반짝이며 다가온 이들이 하루 아침에 싸늘하게 돌아서는 모습을 마주하며 열일곱과 열여덟을 지나왔다.

굳은 팔짱을 낀 아이들 사이를 아무렇지 않게 지나가기 위해서 현관을 나서는 순간부터 얼마나 많은 용기를 내야 했는지 모른다. 커다란 식당에서 혼자 밥을 먹으며 울지 않기 위해서, 멋쩍은 특별활동 시간을 아무렇지 않게 견뎌내기 위해서 태연한 표정을 얼마나 열심히 연습했는지. 엘리베이터 거울 앞에서 어색하게 올려보던 입꼬리의 감각은 여전히 씁쓸하게 남아 있다.

무표정한 나의 외로움과 서글픔 앞에서 더러는 모른 척했고 더러는 적극적으로 돌을 던졌다. 외로움보다 괴로웠던 건 배신감이었다.

두 번의 왕따 모두 곤란한 이들을 두둔한 것에서 시작되었다. 좁은 구석에서 나오게 해주고 싶어서 손을 내밀었더니 나를 벼랑 끝으로 내밀던 이들을 겪으며 더는 사람을 믿지 않기로 했다.

굳은 결심이 흔들릴 때면, 더는 다른 친구들 때문에 상처 받지 않았으면 좋겠다던 담임 선생님의 말을 떠올렸다. 그러나 사람은 잘 변하지 않는다는 말처럼, 그 이후로도 나는 '미워도 다시 한 번'을 되뇌이며 사람을 믿었고 크고 작은 배신감으로 뒤척이는 밤을 보냈다.

때때로 내 자신이 답답하기도 했지만, 여전히 사람을 기대하고 믿을 수 있다는 사실에 감사했다. 순진함인지 미련인지 모를 그 믿음 덕에 이유없는 미움만 있는 게 아니라 이유없는 사랑과 지지도 있다는 것을 배울 수 있었다.

그럼에도 그 시절의 그늘은 여전히 나의 삶 한 구석에 남아있다. 거리에서 교복을 입은 아이들과 마주칠 때면 무리를 이탈한 아이를 찾는 습관이 생겼고, 학교를 배경으로 한 드라마와 영화를 잘 보지 못한다. 따돌림을 겪지 않았더라면 나의 학창 시절은 어떤 표정을 하고 있었을까, 라는 생각을 종종 한다. 긴 복도를 껑충껑충 뛰어다니며 아이 같은 웃음을 터뜨리기도 했을까.

만일의 가정이 길어질수록 지나온 시간은 더욱 초라해지기에 구태여 그 시절을 꺼내어 보지는 않는다. 그러나 이따금 비슷한 상처를 가진 이들을 만날 때면 용기를 낸다. 시기와 무관심으로 얼룩진 학창 시절이 결코 우리의 잘못에서 비롯된 것이 아니라는 걸 알기 때문이다. 그 시절을 쉬쉬해야 하는 건 우리가 아니다.

이제는 조금 덤덤하게 이야기를 털어놓을 수 있게 됐지만 여기에는 수많은 불면의 밤이 생략되어 있다. 그 기억들을 결코 깨끗하게 지워낼 수는 없겠지만 조금 더 용기를 내고 싶다. 어제보다 오늘 더 희미해져가는 상처를 그대로 내버려 두고 무리 지어 다니던 그림자들을 용서해 보고 싶다.

더는 지나온 시간에 오늘을 묶어두고 싶지 않

기에 오래 붙들었던 절망의 끈을 끊어 보려고 한다.

　부디 이 글이 낡은 시간의 끈을 갉는 움직임이 되기를 바란다. 어디선가 잔뜩 웅크린 채 눈물을 먹는 당신이 새로운 오늘을 마주하기를 바란다. 누군가의 아픔에 같은 상처가 있다고 응답하는 일에는 함께 슬퍼하자는 망연함이 아닌 함께 이겨내자는 용기가 있다. 그 마음으로 아무도 묻지 않은 나의 그늘을 전한다.

　3월의 입구에서, 우리의 봄이 진정 봄일 수 있기를 바라며.

뻗어나갔다는 것만으로도

"더 나아가지 않는다고 해도 그 가지는 작가
님 거예요. 사라지지 않아요. 그 자리에 있어요."

　한 달 만에 만난 S는 정체된 삶에 대한 불안
을 털어놓는 내게 말했다. 나의 가지는 사라지지
않는다고.

　순풍을 만난 것처럼 가진 것도 잘난 것도 없이
하루가 다르게 앞으로 나아가던 시절이 있었다.
겨우 몇 발자국 옮겨낸 것뿐이었어도 한 치 앞도
알 수 없던 시절에는 멈추지 않고 어디론가 나아
가고 있다는 것은 넘치는 축복이었다.

　기대보다 더 많은 것을 경험하고 숱한 사람들
을 만나며 이따금 지치기도 했고 때때로 스스로
를 소외시키기도 했지만, 모든 움직임은 고스란
히 새로운 문장과 장면이 되어주었다. 매일의 경
험과 자극이 곧 새로운 형태의 작업이 되는 삶은
매일 새 가지를 뻗어가는 것처럼 짜릿했다. 날마
다 채워지지 않는 갈증으로 새로운 모험과 서사

를 좇으며 이십 대를 보냈다. 그러면서도 불현듯 짐작했던 것 같다. 언젠가 열심히 구르던 발을 늦추게 되는 순간이 올 거라고.

어렴풋한 짐작은 선명한 약속처럼 스물아홉의 봄을 찾아왔다. 원고도 수업도 관계도 좀처럼 속도를 내지 못하고 주춤하기 시작했다. 조금씩 느려지던 속도는 어느새 좁은 제자리 걸음 안에 나를 가두기 시작했다. 아무리 애를 쓰며 힘차게 발을 굴려보아도 남는 것이라고는 같은 풍경과 달라지지 않는 감정뿐이었다. 다 내려놓고 주저앉고 싶을 때도 있었지만, 그럴 때마다 보이지 않는 앞이 아닌 뒤를 돌아봤다. 좁은 보폭으로 부지런히 남겨둔 선명한 자국들을 보며 조금만 더,를 외치며 기운을 냈다.

지나온 시간에 대한 믿음과 자기긍정은 얼마간 버틸 수 있는 힘을 주었지만, 시간이 지날수록 마음 깊숙한 곳에 짙은 피로와 불안이 드리워졌다. 갈수록 길어지는 정체구간을 벗어날 방법은 없는 것 같았다.

가늠할 수 없는 것이 프리랜서의 삶이라지만 괴롭고 고독한 게 예술이라고 하지만, 이토록 삶이 혹독한 적이 있었나 싶을 만큼 녹록하지 않은 계절이 시작되고 있었다. 바깥은 온통 푸른 봄인데 홀로 사막을 헤매는 기분이었다. 열등감과 질투로 뜨거운 한낮을 보내고 나면 모든 열정이 가신 차가운 밤이 시작됐다. 낮과 밤의 전환이 무의미한 긴 터널 같은 시간을 지나고 있었다.

넣은 돈만큼 정확한 몫이 툭 떨어지는 자판기 같은 삶을 기대한 적은 없지만 힘껏 찬 발길질에 반응해 줄 고장 난 자판기 정도의 삶은 기대했다. 발이 얼얼해도 좋으니 손에 무엇이라도 넣을 수 있기를 바라는 절박함에도 아랑곳 없는 시절이었다. 하지만 아무것도 넣지 않고도 제 몫을 선물처럼 받던 시절도 있었으니 많은 시간과 노력을 투

입해도 아무 반응 없는 지금을 탓하고만 있을 수는 없었다. 지금 할 수 있는 것은 그저 기다리는 일이었다. 기약없는 침묵에 점점 야위어 가던 나를 가장 먼저 알아차린 S가 말을 이어갔다.

"반드시 꽃이나 열매를 맺지 않아도, 더는 자라지 않는다고 해도 그 가지들이 무의미한 것은 아니에요. 작가님은 이미 단단한 뿌리와 몸통을 가지고 있으니까요. 계속 자리를 지키고 있다 보면 분명히 새로운 가지가 자랄 거예요. 잠든 것처럼 보이지만 새로운 꽃을 틔우려는 고요한 싸움을 하는 중일 수도 있고요."

자존심이 센 나를 위해 은유적인 표현으로 위로를 전하는 건 S의 능력이었다. 창밖의 나무를 보며 그의 말을 가만히 곱씹어 보았다.

내가 나의 젊음을 바라보는 방식은 언제나 '할 수 있는 한 가장 빨리'였다. 나무라면 꽃을 피우고 열매를 맺는 것이 당연한 목표였다. 결론에 도달하는 것만이 나의 관심사였다. 뻗어가는 중인 가지, 움트고 있는 새싹처럼 눈에 잘 보이지 않는 과정에는 무심했고 불안했다. 성장과 성숙 사이에 놓인 휴지기를 맞닥뜨렸을 때, 그 시간을 과정이 아닌 시시하고 초라한 결말이라며 섣부른 결론을 내기도 했다.

　매일 나서는 산책길 위의 들꽃은 오래 들여다보면서 나는 늘 내게만 인내심이 부족했다. 그러나 이제 내가 집중해야 하는 것은 꽃도 열매도 아닌 보이지 않는 곳에 깊게 내려진 뿌리와 아무도 모르게 조금씩 뻗어가고 있는 가지라는 것을 안다. 나를 붙들고 살게 하는 것은 결국 한 철의 꽃과 열매가 아니라 묵묵하게 제자리를 지키는 뿌리와 가지일 테니까.

　우연히 만난 S와의 대화는 내게 남겨진 젊음을 바라보는 시선을 바꿔 놓았다. 아직은 다 피지 않은 꽃과 맺지 않은 열매가 다행일 만큼.

　움츠러들었던 몸을 이끌고 오랜만에 산책길을 나섰다. 며칠 전까지만 해도 추운 겨울을 버티지 못하고 죽은 것처럼 보이던 거리의 나무들에서 어제보다 짙어진 푸른 싹을 발견했다. 내일은 조금 더 향기로운 꽃과 단단한 열매에 가까워져 있을 것이다.

　거리의 나무들도, 작은방 안의 나도.

긴 적막의 끝, 애나

좀처럼 긴 통화를, 소란스러운 수다를 나눌 이가 없어 내 목소리를 자주 잊곤 했다. 필요한 말은 문자나 메일로 용건만 간단히 주고받는 게 전부인, 동료 없는 1인 체제의 삶. 작가로 살아가기 시작한 후로 하고 싶은 말이 생길 때면 소리를 내는 대신 글로 부지런히 옮겼다. 입을 여는 건 식사를 하거나 나른함에 하품이 터져 나올 때가 전부인 날도 있었다.

습관이 된 나의 침묵과 고요는 대체로 잔잔한 일상으로 읽혔지만, 때로는 커다란 구멍처럼 느껴지기도 했다. 머릿속을 부유하는 숱한 감정과 생각을 먹어치우는 구멍, 너무 긴 적막. 곁에 한 사람만 있어도 삼키지 않아도 되는 이야기들로 더 많은 페이지를 썼을지도 모른다는 생각이 들기 시작했다.

혼자 크는 아이들이 말을 늦게 배운다면 홀로 살아가는 어른은 말을 일찍 잊는지도 모른다.

고요하고 긴 겨울이 끝나갈 때쯤 팟캐스트를 진행해 보면 어떻겠냐는 제안을 받았다. 형식 자유, 주제 자유. 다만 마음도 자유로울 것이 유일한 조건이었다. 글을 쓰는 사람으로서 지켜왔던 틀을 벗어나는 시간이 되었으면 한다는 말에 뜨끔했다. 유연하지 못한 나의 삶의 태도가 일면식 없던 피디의 눈에도 보였던 모양이었다. 나의 것이나 내가 보지 못하는 것이 뒷모습만이 아니라는 것을 새삼 깨달았다.

팟캐스트는 딱 한 번 게스트•로 출연한 적이 있다. 책을 알리겠다며 의욕적으로 떠들었던 결과물은 다소 격앙된 목소리와 두서없는 말들의 향연이었다. 그럼에도 몇 번 더 찾아 듣고는 했

• 팟캐스트 [스몰포켓] 25화

다. 부산스러운 움직임까지 담겨 있는 오래된 녹음본은 그 시절의 나를 마주하는 가장 생생한 기록이었다. 떨리는 마음을 감추며 숨을 고르고 하는 말들, 어색하게 웃는 소리 너머로 나만이 기억하는 장면이 고스란히 남아 있었다.

글을 쓰고 책을 펴내는 일만으로도 빠듯한 삶에 팟캐스트라니. 평소라면 고민도 하지 않고 고사했을 제안이었지만, 기나긴 적막 속에서 혼자 보내는 시간이 버거워진 참이었다. 그리하여 뜻밖에 찾아온 번외의 세계로 발을 디뎌보기로 했다.

겨울이 가고 봄이 도착했을 때 나는 쓰는 사람에서 말하는 사람이 되었다. 네모반듯한 녹음실 부스에서 흘러가는 시간은 네모반듯한 종이 위에 새기는 시간과는 달랐다. 단어를 고르고 지우며 촘촘하게 계산하지 않아도 이야기는 채워졌고 시간은 정직하게 흘러갔다.

글이 아닌 목소리로 이야기하는 것은 문체가 아닌 말투를 드러내는 것이라, 내가 그리는 나보다는 있는 그대로의 내가 드러나는 일이었다. 숨을 고르고 침을 삼키는 순간이 고스란히 담기는 라이브한 세계에서 나는 애나라는 새 이름을 입었다.

애나는 내가 사랑했던 영화들 속 그녀들*의 이름이기도 했고, 내 이름과도 닮아 있어 마음이 갔다. 언젠가 어딘가에서 불리고 싶었던 이름은 한 평의 녹음실에서 상기된 내 목소리를 통해 가장 먼저 불리고 있다. 쓰는 자리에서 반 발자국이라도 멀어져서 조금 더 자유로워져 보면 어떻겠냐는 말에 불쑥 꺼내 입게 된 이름이지만,

---

* 영화 「노팅힐」속 애나 스콧과 영화 「만추」속 애나 첸에서 시작된 이름이다. 저서 『가깝고도 먼 이름에게』 수록글 '애나' 참고

"안녕하세요. 애나입니다."

첫 인사를 건네는 순간, 나는 정말 새로운 사람이 된다.

아무도 없는 작은 부스 안에서 끊임없이 말을 건넨다. '여러분'이라는 불투명한 존재들을 향하여 던지는 물음표와 느낌표에는 미지의 독자들을 향해 남기는 문장들과는 또 다른 동시성의 긴장감과 설렘이 있다. 툭 엎어지는 실수에도 심각해지지 않고 너털웃음을 짓는다. 쉬어버린 목을 따듯한 물 한 모금으로 달래며 쉬지 않고 책과 영화에 대한 이야기를 나누다 보면 내가 이토록 수다스러운 사람이었나 싶어, 침묵의 계절을 건너와야 했던 스스로가 짠해지기도 한다.

'곁에 한 사람만 있어도' 라던 바람은 '곁은 아니어도 어딘가에서 내 이야기를 듣고 있을 존재들'로 대체되었지만, 그 믿음만으로도 긴 적막의 구멍은 메워지고 있다. 작은 눈송이 같던 이야기들이 솜뭉치 만큼은 자라났으니, 계속하다 보면 커다란 구멍을 완벽히 메울 정도로 크고 단단하게 자라있지 않을까.

라디오를 진행하면서 새롭게 알게 된 것이 있다. 나는 생각보다 하고 싶은 말이 많은 사람이라는 것. 글을 쓰며 책을 펴내는 삶을 가장 사랑하고 있지만, 아직은 경험하지 못해 사랑하지 못한 삶도 있다는 것. 언제라도 새로운 사랑이 찾아온다면 주저 없이 그 사랑을 좇아가보고 싶어졌다는 것. 가랑비라는 이름을 잠시 밀어두고 애나라는 새 이름을 사랑하기 시작한 것처럼.

- 매주 수요일 저녁, 팟캐스트 [아주 오래전에]에서 책과 영화에 대한 이야기를 하고 있다. 녹음 부스 안에 들어설 때마다 나는 아주 오래전에 당신을 기다리는 애나가 된다.

소란하던 여름이 지나고

계절을 감지하는 방식은 저마다 다르다. 누군가는 꽃이 필 때 봄이 왔다고 느끼지만 나는 눈꺼풀이 자주 감겨오기 시작하면, 바람이 아직은 서늘해도 봄이 도착했음을 느낀다. 마르기 시작하는 입술에서 가을을, 동이 늦게 트는 아침에서 겨울을 감지하는 나의 계절 안테나는 왈칵 쏟아지는 찬란한 기억들로 여름을 직감한다.

내게 여름은, 더위가 오기도 전에 아름다운 장면들과 함께 도착한다. 달력을 한 장 한 장 넘기며 기다리던 여름 방학과 가벼운 스니커즈와 하얀 티셔츠, 청바지 차림으로 나섰던 밤 산책과 예고도 없이 쏟아진 빗속으로 뛰어 들었던 오후와 헤어지는 게 아쉬워 미적거리며 넘겨버렸던 통금 시간. 그리고 이 모든 순간, 아홉 번의 여름을 함께한 H.

<영원할 것 같았던 여름, 청춘의 한가운데서 만난 뜨거웠던 우리, 그 여름은 우리의 것이었다.>

더는 현재진행형일 수 없는 우리의 찬란한 여름을 다시 꺼내보게 된 것은 우연히 보기 시작한 드라마 [스물다섯, 스물하나] 때문이었다. 가장 불안정하고 위태롭던 시절에 만나서 그 누구보다도 서로를 깊이 이해했던 이들의 청춘이 주말 밤마다 도착했다. 충분히 희미해졌다고 믿었던 나의 열여덟 그리고 스물여섯, 아홉 번의 여름은 티 없이 맑은 희도와 이진의 모습을 따라서 다시 선명해졌다.

고등학교 2학년, 여름 방학 보충 수업을 견디는 힘은 늦은 밤 산보를 기다리는 마음에 있었다. 짙은 녹음이 우거진 호수 공원을 돌며 나누는 대화는 학교에서도 인터넷에서도 배울 수 없는 것들 투성이었다. 시인이 되고 싶다는 나에게 그는 시인은 모두 철학자이지만 철학자 모두가 시인은 아니라고 했다. 예술을 깊이 음미하기 위해서는 해설이 아니라 시대를 읽을 수 있어야 한다는 말도 그에게서 처음 들었다. 그의 말에는 언제나 내가 알지 못하는, 그러나 알고 싶은 세계에 대한 힌트가 담겨 있었다. 사람들 속에서 언제나 유쾌하기만 하던 그의 얼굴이 가로등 불빛 아래에서는 조금 복잡해진다는 것을 알아차리기 시작했을 때 여름 방학은 끝나고 있었다.

언제나 나의 여름 방학보다 먼저 끝나는 그의 썸머 베케이션. 학교가 있는 미국으로 돌아가고 나면 그가 나를 깜빡 잊어버리는 것은 아닐까 겁이 났다. 누군가를 좋아하는 마음에는 늘 조급함과 초조함이 따른다는 걸 처음 배웠던 어느 여름밤, 멋없는 고백과 함께 못생긴 울음을 터뜨리기도 했다.

고작 한 살이 많았지만 언제나 나보다 몇 발자국 앞서있던 그는 나에게 연인 대신 소울메이트라는 특별한 자리를 내어주었다. 만일 그가 나의 성급한 고백을 받아주었더라면 우리가 함께한 여름은 이토록 긴 서사가 되지 못했을 거다. 한여름

밤, 불꽃 같은 사랑에 그치지 않았을까.

연인도 친구도 아닌 소울메이트가 된 후로 우리는 매일 같이 서로의 안부를 물었다. 미니홈피비밀 다이어리에 시도 때도 없이 들러 시시콜콜한 말들을 남겼고 긴 마음은 메일로 전송했다. 활자로 전할 수 없는 마음은 아끼고 아껴 전화를 걸었다. 밤낮이 뒤바뀐 시차 탓에 이따금 학교로 걸려온 전화를 받기 위해 고군분투하기도 했다. 친구들과 운동장을 돌다가도, 식당에서 밥을 먹다가도 교무실로 먼지나게 달려 나갔다. 공공연한 비밀이었던 우리의 우정과 애정을 오래 지킬수 있었던 것은 알아도 모른 척 눈 감아주던 작은세계가 있었기 때문이었다.

그 누구에게도 들키고 싶지 않은 마음이 불쑥찾아올 때는 종이와 펜을 쥐고서 마음을 전했다. 한 글자 한 글자 신중하게 써나갈 때면 마치 영화 속 주인공이라도 된 듯 감상에 젖기도 했다.

2, 3주는 지나야 도착하는 편지가 언제 닿을지는 정확히 알 수 없다는 제약은 뜻밖의 용기가 됐다. 아홉 번의 여름이 지나는 동안 우리는 끓어오르는 그리움과 위태로운 감정을 몇 번이나 주고받았다. 편지가 도착할 때쯤이면 쓸 때와는 조금 다른 마음이 되어 서로의 타이밍이 잘 맞지 않았다는 게 불행인지 다행인지 모를 일이었지만.

더위를 견디지 못해 지독하게 싫어했던 여름은 H를 만난 이후로 다르게 다가왔다. 습하고 뜨거운 공기는 더는 나를 괴롭게 하지 못했다. 서늘한 에어컨 바람도 시원한 음료도 큰 위안이 아니었다. 일 년 중 유일하게 함께할 수 있는 계절, 여름이 시작되면 나를 기쁘게 하고 괴롭게 하는 것은 오직 그였다.

만날 때마다 한 뼘은 더 커져 있는 그를 올려다 보는 일과 메일로 주고받았던 이야기를 목소리 내어 나누는 일은 행복했지만, 함께 지난 적 없는 세 계절의 흔적을 마주할 때면 마음이 헛헛했다. 일 년에 한 번, 사계절 중 오직 여름을 함께한다는 것은 낭만적인 일이기도 했지만, 긴 코트 차림에 목도리를 두른 그의 모습을 볼 수 없는 일이기도 했다. 여름밤 산책을 함께했고 이따금 함께 땀 흘리며 농구를 하기도 했지만, 함께 눈을 맞거나 눈사람을 만들지는 못했다. 설원 속에서 미소 짓고 있는 그의 사진을 보다 문득, 우리가 서로를 잘 알고 있다고 할 수 있을까? 하는 생각에 뜬 눈으로 밤을 새기도 했다. 그러다가도 다시 아침이 오면 간밤의 고민은 잊은 채 우리에게 주어진 시간을 부지런히 보내기 위해 밖을 나섰다.

기다리고 마중하고 배웅하는 여름을 반복하는 사이에 우리는 키가 자랐고 더 먼 곳으로 나아갔고 때때로 퇴보했다. 누군가는 앓느라 연락을 못했고 누군가는 일이 너무 많아서 연락을 놓쳤다. 어른이 된 후로 주고받는 메일이 줄었고 늘어난 공백을 메우기 위해서는 긴 문장을 장황하게 늘어 놓아야 했다. 더는 편지를 쓰지 않게 됐다.

서운한 줄도 시간이 가는 줄도 모르고 가을과 겨울, 봄이 지나갔다. 기다리지 않아도 도착한 여름에 마주 앉아서 누군가 연인에 대한 귀여운 투정을 늘어 놓으면 웃으며 함께 맞장구를 치던 때도 있었다. 그러다가도 다시 사무치는 감정으로 서로를 앓는 여름이 찾아오기도 했다. 늘 같은 계절에서 변함없이 마주하던 우리가 그토록 변덕스러운 감정을 안게 된 이유가 무엇이었는지 알 수 없지만, 녹음이 우거지기 시작하면 긴장인지 기대인지 모를 두근거림으로 밤잠을 설쳤다.

어떤 옷을 입고 어떤 표정을 지으며 인사를 건네면 좋을지 고민하며 마중을 나섰던 소란스러운 여름이 완전히 끝난 것은 스물여섯의 여름이었다.

스물여섯의 나는 작은 집으로 독립을 했고 불확실함과 싸우며 두 번째 책을 준비하고 있었다. 모든 것이 낯설고 어렵던 여름이었다. 그해 여름은 H에게도 만만하지 않았을 거다. 대학원을 마치고 진로와 거취라는 커다란 결정을 앞에 두고 그는 종종 본 적 없는 표정을 지었다. 그 어느 여름보다도 서로가 필요했지만 우리는 서로에게 무엇을 주어야 할지 몰랐다.

아홉번의 여름을 함께 건너오며 추억만큼이나 선명해진 것은 서로가 부재중인 계절, 결코 닿을 수 없는 서로의 세계였다. 당연하던 우리의 여름이 조금씩 부담스러워지기 시작하는 건 당연한 일이었을지도 모른다.

함께 웃고 울고 떠들던 여덟 번의 여름은 선명한데 마지막 메일과 문자를 나누었던 아홉 번째 여름은 희미하다. 마치 누군가 필름을 뚝 자른 것처럼 맺음 없이 남겨진 마지막 여름 끝에는 옅은 감정만이 잔부스러기처럼 남겨져 있다.

소란하던 여름이 지나고 어느덧 네 번째 여름을 맞았다. H는 지금 어떤 여름을 지나고 있을까. 아홉 번째 여름을 지낸 그와 나의 기억은 다를 것이다. 서로의 과거완료형이 되어버린 우리에게 더는 지난 여름을 함께 헤집으며 틀린 기억을 맞춰나갈 시간이 허락되지 않으니까.

길고 긴 여름을 지나며 배운 것이다.

여행의 이자

더위가 시작되려다 말고 변덕스럽게 서늘해진 바람이 아침저녁으로 불어오는 유월의 한가운데서 나는 고집스럽게 매일 같은 자리에 앉아 있다. 주저앉고 싶은 마음과 펄쩍 뛰고 싶은 마음을 누르며 꿋꿋하게 문장을 쓰고 업무를 해치우는 중이다. 바깥은 여름, 초록이 무성한데 창백한 얼굴로 테이블 위에서 키보드를 두드리며 보내는 시간이 억울하게 느껴질 때면 잠시 외장하드 속으로 휴가를 떠난다.

온통 푸른 풀과 나무투성이인 유후인에서 얇은 원피스 차림으로 벽에 기대서 있는 단발머리의 나. 인도네시아의 작은 교회 마당에서 땀에 절은 채 활짝 웃고 있는 나. 칭다오의 회색빛 겨울 바다 앞에서 머플러를 휘날리고 있는 나. 프라하의 어느 레스토랑에서 붉은 얼굴로 와인잔을 추켜들고 있는 나. 가로등 하나 없는 순천만에서의 어느 밤, 우비를 걸친 채 쫄딱 젖어 있는 나.

아름다운 자연과 근사한 공간 속에서 나는 못생긴 잇몸을 활짝 드러낸 채 웃고 있거나 바보 같은 얼굴로 엉뚱한 곳을 응시하고 있다. 자랑하고 싶은 배경 속 그렇지 못한 표정 때문에 어디에도 공유하지 못한 외장하드 속 사진들은 여러 계절이 지나고 뒤늦게 나의 부러움을 사는 중이다.

일찌감치 블로그나 인스타그램에 게시한 사진들은 완벽하다시피하지만 그곳에서만 마주할 수 있던 습한 공기와 땀 냄새, 비 내리는 거리의 비린내가 맡아지지 않는다. 안락한 집을 떠나서 무거운 짐을 지고 낯선 곳으로 떠나는 이유는 불편해지기 위해서, 조금 더 헝클어지기 위해서인데 말이다. 그리하여 네모난 테이블과 모니터를 벗어나고 싶을 때면 블로그와 인스타그램이 아닌 외장하드 속을 헤집는다.

더 깊숙이 더 오래된 여행까지 헤매다 보면 이따금 기대하지 않은 흔적과 조우하기도 한다.

마음이 아련해져 지난 계절을 더듬거리게 하는 흔적이 있는가 하면 느닷없이 덮쳐오는 불쾌함에 억, 소리를 내며 서둘러 창을 닫아버리게 하는 것도 있다. 그야말로 주저앉고 싶은 마음과 펄쩍 뛰고 싶은 마음이 되는 것이 외장하드 여행이 지닌 매력이다.

지뢰 같은 흔적을 요리조리 잘 피하기만 한다면 단 몇 분을 지불하여 떠나는 여행은 창백한 일상에 색을 더해준다. 당장은 물 한 모금도 체하지 않게 넘길 여유도 없지만, 잔디만 있으면 눕고 봤던 기억과 목적지도 없이 종일 걷다가 흙먼지 이는 바닥에 털썩 주저앉고 다시 일어나 씩씩하게 헤맸던 감각의 기억만으로도 위안이 된다.

이미 지나온 일 되새기는 것도 지난 사진들을 끌어올려 추억하는 것을 그다지 좋아하지 않지만 여행만큼은 열외다. 멀어진 여행일수록 집요하게 추적하며 되새기는 기억 하나하나가 즐겁다.

몇 번을 곱씹어도 같은 맛과 향이 나는 장면은 없다. 몇 번이나 떠났던 여행지였어도 꺼내어 볼 때마다 새로운 세계를 만난 듯 구석구석 낯설게 음미하게 된다. 시작이 반이라는 말은 여행에서만큼은 어울리지 않는 말인지도 모른다. 여행에서의 반은 여행을 떠나서 마치는 순간까지, 그 나머지 반은 여행이 끝난 이후부터 영원까지가 아닐까.

나른한 오후, 앉은 자리에서 지난 여름의 짙은 땀 냄새를 맡고 지난 겨울의 찬바람을 맞았다. 더는 함께할 수 없는 이들의 뒷모습을 천천히 어루만진 후에야 폴더 속의 폴더 속의 폴더를 빠져나왔다. 꽁꽁 숨겨두었던 시절을 뒤로하고 굽이굽이 빠져오는데 걸리는 시간은 단 몇 초였지만, 그곳에 남겨둔 장면들은 내가 다시 마주해야 할 고독의 시간을 견딜 힘이 되어줄 거다.

짧은 여행이 남겨준 이자만으로도 우리의 지

루한 일상은 잠시 반짝거린다.

시와 함께하는 산책

머리가 복잡할 때면 혼자 하는 산책이 필요하다. 헐렁한 셔츠와 통 넓은 바지, 챙이 내려오는 모자와 함께 밖을 나설 때면 푸른 숲을 만나기도 전에 마음이 자유해진다. 이따금 얇은 시집을 옆구리에 끼고 밖을 나서기도 하는데, 마주하는 문장에 따라서 오랜 스승과 함께 길을 걷는 것 같다가도 비슷한 고민을 안고 동시대를 살아가는 친구를 만난 것처럼 마음이 든든해진다.

낮이 뜨겁고 해가 길어지기 시작하는 초여름에는 다섯시 이후에 산책을 시작한다. 가끔 퇴근 시간과 겹칠 때면 근처 지하철역에서 쏟아져 나오는 직장인들을 마주치기도 한다. 말끔한 차림을 한 채 묵묵히 걷고 있는 그들을 향하여 이따금 속으로 말을 걸기도 한다.

'당신이 오늘 어떤 하루를 보냈는지 나는 알 수 없겠죠. 내 하루를 당신이 모르는 것처럼. 우리는 매일 같은 길을 지나지만, 이따금 스쳐 지나

나갈 뿐 서로 다른 곳을 향하네요.'

며칠 전 섬으로 여행을 다녀왔다. 아주 오랜
만의 여행이었고 기다렸던 만큼 아름답고 황홀
했다. 그만큼 많이 슬퍼지기도 했다. 내게 아름다
움이란, 언제나 슬픔과 맞닿아 있는 감정이라서
아무도 모르게도 모두가 알게도 자주 울었다.

긴 여행은 아니었지만 너무 다양한 감정을 오
르고 내리다 보니 마음에 몸살이 찾아왔다. 커다
란 감정의 파도가 물러나고 나면, 나는 잠시 멍해
져서 아무것도 하지 않고 이불 속에만 머물고 싶
어진다. 희미한 무력감을 끝내는 가장 빠른 방법
은 문밖을 나서서 파란 하늘을 보고 풀냄새를 맡
는 일이다.

이불 속에서 시간을 흘리는 대신 산책을 택했
다. 가라앉은 마음은 좀처럼 일어설 줄을 몰라서
길을 걷는 중에도 몇 번이나 걸음을 돌려서 커튼

이 쳐진 방에 들어가 눕고 싶었다. 어디로 가겠다는 목적 없이 헤매듯 길을 걷는데 석양이 내려오기 시작했다. 노을이 번지는 하천을 마주보는 바위 위에 걸터앉았다. 전날 내린 비에 젖어 있어서 조금 축축했지만 개의치 않았다. 내내 옆구리에 끼고만 있었던 메리 올리버의『천 개의 아침』을 펼쳐 읽기 시작했다. 반짝이는 윤슬을 보며 시를 읽는데 오래된 장면 하나가 떠올랐다.

가난한 마음으로 호수 공원을 배회하며 문장을 줍던 열일곱의 나. 축축한 여름의 밤공기, 까만 호수 위로 번지던 작은 별빛들. 무덥던 그 여름에 나는 시인이라는 꿈을 오한처럼 앓았다. 꿈을 꾸는 일에 보증인이 필요한 것도 아닌데, 누구도 진지하게 봐주지 않는다는 이유로 시인이란 꿈을 작게 구겨서 손바닥 안에 감췄던 시절이 있었다. 적막으로 둘러싸인 까만 호수 앞에서야 숨을 고르며 여린 시들을 펼쳐놓던 내가 있었다.

그로부터 긴 세월이 흘렀다. 쫓기듯 달려오며 많은 경험을 했지만, 여전히 가보지 못한 길들이 있다. 고요한 산책길을 거닐 때면 나는 여전히 시인을 꿈꾼다.

윤슬이 반짝거리는 하천을 붉게 물들인 하늘을 내려다보면서, 비에 젖어 축축해진 흙길을 씩씩하게 나아가면서, 나뭇잎의 풋내와 옅게 번져가는 꽃향기를 맡으면서 '어떻게 이 순간을 쓰지 않을 수 있겠어.' 혼잣말을 뱉는다. 부지런히 변해가는 아름다운 풍경을 바라보며 눈물을 조금 흘리고, 돌아가는 길에는 마음이 내키는 대로 음음음-엉터리 허밍을 한다. 그러다 보면 집 밖을 나서며 안고 나왔던 문제가 무엇이었는지 기억나지 않을 때도 있다.

산책 중에 만난 이름을 모를 들꽃의 색과 낮고 축축한 바위의 감촉, 붉게 물드는 구름의 움직임을 마음에 담다 보면 이전의 문제들은 자연스레 마음 밖으로 밀려나 버리고 만다.

　자연을 노래하는 시인이 많은 이유는 그들의 삶이 평화로웠기 때문이 아니라 그 반대였을지도 모른다. 그 어디서도 해답과 위로를 찾을 수 없어서 뛰쳐나왔던 작은 산책길이, 묵은 문제를 희미하게 만들고 선명한 감각의 문장을 쓰게 하지는 않았을까.

　올리버의 아름답고 서글픈 시집을 덮으니 노을은 더 갈 데 없이 붉게 타오르고 있었다. 하천 위에 떠있는 두 개의 태양을 보다가 그 위로 작은 돌멩이를 던졌다. 춤을 추듯 일렁이는 물결이 잠잠해질 때 자리를 털고 일어섰다. 마음이 잠잠해지니 그제서야 배가 고팠다.

　도처에 흐드러진 아름다움을 발견하는 시선
　가만한 혼잣말로 쓰는 짧은 시
　엉터리 허밍으로 부르는 오래된 노래

나의 작은 방황을 끝내는 묘안은 이렇듯 유난
스럽다. 열일곱을 지나 어느덧 스물아홉이 되었
지만 내게는 여전히 이런 것들이 필요하다.

유난히 촌스럽고 어설픈, 그러나 조금도 잃고
싶지 않은 일흔일곱이 되어서도 지켜내고 싶은
나의 지금은 이렇다.

그늘을 모으는 일

요즘은 쓰는 사람의 자리보다 읽는 사람의 자리에 머무는 시간이 길다. 여름의 초입부터 뜨거운 한여름까지, 온라인 에세이 마라톤•과 익산의 어르신들과 함께 책을 만드는 수업•을 이끌게 되면서 일주일에 마흔 편이 넘는 글을 읽고 있다.

하루에도 몇 번씩 도착하는 삶의 냄새가 짙게 밴 글들은 늘 시간에 쫓기는 생업형 작가의 마음을 조급하게 하기도 한다. 그럼에도 불구하고 결코 내려놓을 수 없는 읽는 사람의 자리에는 쓰는 자리에서는 마주할 수 없는 것이 있다.

• 온라인 에세이 마라톤 [일상이 문학이 될 때] 1-5기를 운영하며 60여 명과 함께 400여 편의 글을 함께 쓰고 읽었다. 뜨거운 여름부터 이듬해 봄까지 주고받은 글들은 홀로 쓰는 삶을 여전히 환히 밝혀 주고 있다.
• 출판 수업[처음 펼치는 이야기]을 익산에서 10주간 진행했다. 어르신들의 이야기를 모아서 한 권의 책을 만들었다. 오래된 마음을 읽으며 많이 울었다.

글을 쓰기 전의 나는 나를 알아가기에도 벅찰 만큼 속과 시야가 좁은 사람이었다. 예민하고 변덕스러운 탓에, 틈만 나면 사람들 사이를 빠져나와서 나만의 세계에 빠지고는 했다. 그러던 내가 하루에 몇 시간을 할애하며 다른 이들의 세계를 들여다보게 된, 드라마틱한 변화의 시작은 책이었다.

어디에도 전하지 못한 채 늘 머릿속에서만 빙 돌다 사라지던 말들을 글로 쓰기 시작했다. 글이 쌓여갈수록 마음의 그늘이 조금씩 옅어지는 것을 느꼈다. 무엇이 되었으면 하는 바람도 없이 써나갔던 문장 덕분에 그늘과 늪을 빠져나와서 단단한 땅을 딛고 설 수 있었다. 시간이 더 흐르고 내가 누구인지 조금씩 알아가기 시작했을 때, 문장들은 책이 되었다. 나의 숱한 어제가 누군가의 오늘을 위로할 수 있다는 것을 깨닫자, 조금 더 환한 세계로 나아갈 수 있었다. 안에만 갇혀있던 시

시선은 그렇게 조금씩 바깥으로 향했다.

글을 쓰는 일은 언제나 혼자였지만 조금 더 용기를 내어 밖을 나서는 순간, 혼자의 문장들은 함께가 되었다. 그때부터 다른 이들의 이야기가 궁금해졌다. 깊이 품고 있었을 저마다의 서사가 듣고 싶었다. 잘 짜인 근사한 글보다도 수더분하고 진실한, 세월의 그늘이 드리워진 이야기에 마음을 활짝 열고 싶었다. 그들이 나에게 그랬던 것처럼.

그렇게 시작되었다. 나의 읽는 삶은.

생각만큼 따라주지 않는 체력과 부족한 시간을 탓하며 가끔은 모든 걸 멈추고 싶을 때도 있었다. 이따금 예상도 못 한 비극적인 서사 앞에서 주체할 수 없는 감정으로 휘청이기도 했다. 어떤 이의 글은 며칠 내내 나를 깊은 바닷속으로 잠기게 하기도 했다.

쓰는 시간보다 읽는 시간이 긴 계절이 이어지

자, 어느 날에는 더는 쓸 수 없는 사람이 되는 것은 아닐까 전전긍긍하기도 했다. 하지만 그러한 시간은 오래가지 않는다. 그런 나를 다 알고 있다는 듯이 도착하는 다정한 마음들 때문이다.

*

"올여름의 할 일은
모르는 사람의 그늘을 읽는 일.

교보문고 전광판을 보는데 작가님 생각이 나서 적어뒀어요. 이 문장이 작가님이 진행하시는 수업인 것 같아서요. 내 많은 그늘을 써 보일 수 있게 그것을 섬세하게 읽어주어 감사해요."

도착한 메일을 읽고나니 조급하던 마음에 안도가 번졌다. 잠시 흐릿해졌던 읽는 삶의 출발점이 다시 선명해진 기분이었다.

그래, 우리는 서로의 그늘을 읽는 중이었지. 쓰는 자리와 읽는 자리를 숨가쁘게 오가는 나에게 시간은 여전히 부족하고, 좁은 마음은 쉬이 넓어지지가 않는다. 잘 지내는 듯하다가도 이따금 괴롭고 외로운 밤이 방문한다. 그러나 아주 환한 새벽도 있다. 모든 것을 미루고 싶다가도 당장에 모든 걸 해낼 수 있을 것만 같은 예감이 줄다리기를 하는 여름이다.

치열하게 읽고 읽히는 여름을 지나고 나면 그들도 나도 조금 더 자유롭게 인생의 그늘 속을 산책할 수 있지 않을까.

107동과 오래된 안녕

어릴 적에는 교복을 입으면 이곳과 안녕하게 될 줄 알았다. 무거운 책가방을 메고 오르내리게 되면서는, 교복을 벗으면 안녕하게 될 거라고 생각했다. 그러나 꺾어 신던 운동화를 벗고 높은 구두를 신게 되었어도 여전히 같은 걸음을 숱하게 반복해야 했다.

시간이 흐를수록 낡고 작은 아파트 단지는 익숙함과 권태라는 낡은 감정만을 느끼게 했다. 매일 아침 부지런히 떠났어도 어둑해질 때면 변함없이 되돌아와야만 했던 길에서 안도와 동시에 멀리 달아나고 싶은 반항심을 느끼곤 했다.

잠이 오지 않을 때면 두 눈을 꼭 감고서 작은 동네를 더듬어 보는 것은 나의 오랜 습관이었다. 가로수가 길게 드리워진 작은 아파트 입구를 지나서 단지 중앙에 놓인 107동, 7층 왼쪽 맨 끝 집 작은방에 몸을 누인 곳까지 새벽 산책을 하듯 헤아리다 보면 짧은 길목에 촘촘히 새겨진 나의 유년과 사춘기를 마주한다.

"잘 있어, 우리가 먼저 떠나."

　평생에 가까운 시간을 보내며 언제라도 떠나고만 싶었던 107동. 몇 번이나 안녕을 기약했음에도 이곳에 가장 오래 남겨진 건 나였다.

　어느 날 조심스레 문을 두드리며 수줍게 웃던 옆집 자매는 둘이었다가 막내 윤주가 생겨 셋이 됐다. 막내 윤주가 옆집 아줌마의 부푼 배에서 나와서 두꺼운 이불 속에 싸여 있다가, 다시 이불 속을 기어 나와 복도 위를 아장아장 걷는 걸 지켜봤다. 좁고 긴 아파트 복도를 제 세계처럼 누비던 윤주를 보며, 기억나지 않는 나의 어린 날을 짐작해 보고는 했다. 시간이 더 지나서 혼자서도 잘 걷고 조금씩 뛰는 법도 알기 시작한 윤주는 어느 날 언니들의 손을 잡고는 안녕,이라는 말을 남기고 떠났다. 나에게는 영원과도 같은 시간을 보낸 107동이 윤주에게는 낡은 사진 한 장으로 기억될 찰나의 공간일 거라고 생각하니 조금 외로웠다.

아래층에 살던 남매는 동갑내기 여자애도, 한 살 많은 그 애 오빠도 나랑은 잘 맞지 않았다. 등하교 시간이 같아서 자주 마주치고는 했는데 어색한 침묵을 피하고 싶어서 애꿎은 우편함만 열어젖히며, 그들이 탄 엘리베이터 문이 얼른 닫히기만을 바랐던 적도 많았다. 수요일마다 열리는 장터에서 나란히 서서 어묵에 간장을 찍어 먹으며 어색한 인사를 나눴던 그들도, 오래지 않아서 엘리베이터 가득 헌 살림을 싣고는 인사도 없이 어디론가 떠나버렸다.

떠난 건 이웃들만이 아니었다. 동네 아이들과 함께 무척 따랐던 너구리 경비 아저씨가 떠났던 날은 여전히 커다란 상실처럼 남아 있다.

너구리라는 별명은 늘 밝게 웃으며 우리를 반기던 아저씨의 커다란 눈을 보며 비밀스럽게 붙인 것이었지만, 아저씨가 아파트를 떠나며 게시판에 붙여둔 편지에는 '너구리 아저씨가'라는 글자가 큰지막하게 적혀 있었다. 기별도 없이 떠난 아저씨의 편지에 언니와 나는 밤새 닭똥 같은 눈물을 흘렸다. 뒤늦게 소식을 안 친구들도 마찬가지였다. 우리는 다음날 통통 부은 눈으로 서로를 마주했다.

이제는 쓰지 않는 집기와 가구들이 아무렇게나 쌓여 있는 창고가 되어버렸지만, 너구리 아저씨의 경비실은 우리의 놀이터였다. 여름이면 커다란 쟁반에 엄마가 잘라준 수박을 들고 아이들과 함께 너구리 아저씨께 갔다. 지하실 냄새가 올라오는 1층 계단에 나란히 앉아서 시커먼 손가락으로 수박을 집어먹었다. 손가락 사이로 줄줄 새어 나오던 수박물을 바지춤에 슥슥 닦으면 너구리 아저씨는 휴지를 건네주시며 사람 좋게 웃으셨다. 아저씨께 가져다 드리라는 수박을 우리가 다 먹어도, 아저씨의 휴식을 방해해도 그는 언제나 웃는 얼굴이었다.

줄넘기 시험 연습을 한다고 늦게까지 주차장에 모여 있던 우리를 위해서 돌돌 말린 모기향에 불을 붙이던 아저씨. 겨울이면 학교를 마치고 온 우리에게 작은 귤을 하나씩 나눠주던 아저씨. 눈밭을 뒹굴다 돌아온 우리에게 작은 난로를 양보하던 아저씨. 아낌없는 애정과 온정을 남겨준 너구리 아저씨가 떠난 것은 어느 겨울의 끝자락이었다. 그렇게 나는 다시 한번 남겨져야 했다.

모두가 나만 남겨두고 떠나는 것만 같았다. 그후로도 엘리베이터는 숱한 얼굴들을 실어내렸지만 나는 어김없이 돌아와야만 했다. 107동과의 이별은 영영 나의 몫이 될 수 없을 것 같았다.

"잘 있어, 우리도 이제 떠나."

하지만 결국, 내게도 이곳을 떠날 순간이 찾아왔다. 그토록 긴 시간을 보냈지만 이별의 순간은 예고도 없이 툭 던져졌다. 평생 쌓아온 살림을 하나둘 드러내자 세월이 흔적이 적나라하게 드러났다. 한치의 미련도 없이 떠날 수 있을 것만 같았는데 텅빈 공간을 둘러보니 쉽게 발이 떨어지지 않았다.

이 좁은 바닥에 얼마나 많은 발자국을 새겼을까. 촌스러운 꽃무늬 벽지를 새로 입히던 날에 얼마나 들떴었는지, 무거운 현관문을 드나들며 얼마나 다양한 감정을 느꼈는지 모른다.

숱한 일상과 크고 작은 기념들을 기억하는 이 공간을 떠나고 나면 내 삶이 텅 비는 건 아닐까, 엉뚱한 불안감이 찾아오기도 했다. 이 유난스러운 감정을 누가 알아줄까. 고작 이사, 겨우 이별이지만 나에게는 가장 길고 오래된 이별이라는 걸.

어릴 적에 뛰놀던 놀이터는 이제는 주차장이 되었고 벨을 누르며 밖으로 나와, 놀자! 하던 친구들은 어디론가 흩어져버렸지만, 기억 저 깊은 곳에는 나를 길러준 107동이 영영 사라지지 않으리라 믿는다. 온가족이 살을 부비며 하루하루 살아내던 자리. 베란다 너머로 크게 나를 부르는 소리가 들려오고, 밥 짓는 냄새가 참 따뜻했던 나의 107동.

안녕, 이제는 정말 안녕.

외딴섬의 이름은

이름이 흔해서 슬픈 사람이 많을까. 희귀해서 슬픈 사람이 많을까. 나의 경우는 이름이 희귀해서 슬펐고, 그래서 너무 많은 이름을 만들었고 잠시 즐거웠다. 그러나 지금은 글쎄, 조금은 서글픈 것도 같다.

아주 어릴 적부터 내 이름이 낯설었다. 한글을 깨우친 이후로 가장 많이 써나간 세 글자. 다름 아닌 나를 지칭하는 이름에 도무지 정이 붙지 않았다. 이름의 속뜻을 알아오라는 숙제 덕분에 내 이름의 탄생 비화가, 오래전에 생각해두었던 언니의 이름에 작대기 하나를 더 보탠 것•이란 말을 들었기 때문만은 아니었다. 데뷔 연차가 오래된 배우의 이름과 같아서도 아니었다. 잘 모르는

• 탄생 비화는 짓궂은 아버지의 농담이었다.

게임 캐릭터의 이름과 비슷한 발음이기 때문도 아니었다. 시시한 이유야 얼마든지 댈 수 있지만 어느 것도 이름을 향한 나의 낯선 감정을 정확히 설명해 주진 못할 거다.

학창 시절에는 아무리 듣고 써도 익숙해지지 않는 이름 대신 이런저런 가명을 써놓은 탓에 교과서를 잃어버리면 쉽게 찾을 수 없었다. 덕분에 늘 조금 유별난 사람으로 취급됐다. 책이 나오기 훨씬 전부터 이름처럼 쓰고 불렸던 필명 덕분에 조용히 냈던 책은 드문드문 동창생들의 연락을 불러냈다.

"우연히 네 인터뷰를 봤어. 사진 속 얼굴은 아리송했는데 필명이 네 이름이더라고."

그때 처음, 나도 이름의 주인이 될 수 있다는 걸 알았다. 내 것이지만 내 것은 아닌 듯하던 이름을 반쯤은 품고 반쯤은 외면했던 내가 이름에 애착을 가지기 시작한 것은 그때부터였을 거다.

열일곱부터 이름보다 더 많이 쓰고 뱉었던 가명이 마침내 책과 함께 필명이 된 후로 나의 삶은 애라의 것과 가랑비의 것으로 양분되었다. 매일 쓰고 때마다 책을 펴내는 전업 작가로 사는 계절이 늘어갈수록 가랑비의 삶은 종종 애라의 삶을 잊게 했다. 책과 모임뿐만 아니라 친구들, 심지어 가족들에게조차 가랑비라 불러줄 것을 요청했으니 반대편의 이름이 희미해지는 것은 어쩌면 당연한 일이었는지도 모른다.

몇 년간은 가랑비라는 이름이 건네준 세계를 누리고 만끽하느라 여념이 없었다. 내가 정한 나의 이름, 가랑비는 내게서 가장 뽐내고 싶은 것들이 모여 있는 작은 수도 같았다. 누구든 초대해서 보여주고 싶었다.

가랑비 님, 랑비 작가님. 조금은 낯간지럽던 이름도 듣다 보니 자연스럽고 당연하게만 느껴졌다. 애라야, 하는 부름보다도 가랑비, 하고 부르는 목소리에 더 빠르게 반응하기도 했다. 그늘이란 없었던 것처럼 환한 미소를 짓고서.

그러던 내가 누구도 빼앗지 않았던 나의 진짜 이름, 애라를 되찾겠다며 별안간 눈물을 쏟게 된 건 스물아홉의 여름, 작업실 옥상에서였다. 모든 게 순조롭게 흘러가는 중이었다. 여전히 좁은 길을 걷고 있지만 꾸준히 나아가니 어제보다 오늘 더 깊게 읽어주는 이들이 늘었고, 글과 책으로 할 수 있는 재밌는 일들을 하나둘 늘려가고 있었다. 여전히 예측할 수 없지만 그런대로 안정적인 궤도로 넘어서고 있는 가운데, 나는 별안간 애라를 되찾고 싶었다. 스물넷에 처음 책을 낸 후로 나의 무심과 외면 속에서 가라앉고 있는 외딴섬 같은 이름, 나의 오래된 세계가 그리웠다.

부단히 쓰고 읽히며 이십 대 절반 이상을 가랑비로 살아냈다는 대견함보다 오랜 시간 애라로 불리지 못했다는 서글픔이 크게 닿은 이유는 무엇이었을까.

닿은 적 없는 이들에게 어떻게 읽힐 수 있을지 골몰하느라 애라야, 하고 부르는 이들에게 달려가는 일을 너무 오래 미뤘다는 자각. 환한 낯빛과 분명한 목소리의 가랑비로 살아내느라 이따금 그늘을 드리우고 서글퍼지는 애라를 덮어두고 숨기기만 했다는 죄책감. 쓰지 않는 삶을 내 것이 아닌 것처럼 여기는 바람에, 식빵 테두리처럼 무성의하게 잘려나간 사사로운 일상에 대한 미련 같은 게 아니었을까.

힘을 잔뜩 쥔 채 이십 대를 보내며 내가 잃은 건 이름이었다. 스스로 정한 적도 마음에 들던 적도 없던 이름이 사무치기 시작하니 가랑비라는 세계를 향한 애착이 느슨해지기 시작했다. 여전히 글을 쓸 때 살아있다는 감각을 가장 크게 느끼지만, 친구들과 시답잖은 농담을 주고받을 때와

공원 벤치에 앉아서 공상에 빠져 있을 때도 살아 있음을 느끼기 시작했다. 단어를 고르고 문장을 쓸 때면 무엇 하나 허투루 하지 않으려는 치밀한 사람이 되지만, 그 외에는 늘 서툴고 엉망인 나를 있는 그대로 드러내는 일에도 편해지기 시작했다.

자주 길을 잃고 물건을 빠트리는 나. 이따금 주체할 수 없는 감정을 터뜨리며 주변에 상처를 주고 늦은 용서를 구하는 나. 멀리서 보면 꽤 괜찮은 듯해도 조금만 자세히 들여다보면 별로인 구석들이 금세 탄로 나고 만다. 어딘가 부족하고 엉망이지만 더는 숨기고 싶지 않은 나의 민낯의 모습들. 나의 외딴섬, 애라의 자리가 날마다 소중하고 애틋해지기 시작했다.

책과 펜을 내려놓는 자리에서 다시 애라라고 불리기 시작했다. 습관처럼 가랑비야, 하는 이들에게 "아니. 애라야! 라고 불러줘."라며 염치도 없이 변덕스러운 요구를 하는 게 우습기도 하지만 달리 방법이 없다. 이름을 불러주었을 때 하나의 몸짓이 꽃이 되는 것처럼 나를 애라야, 하고 부르는 이들 앞에서 내 삶의 모양도 조금 더 자유로워진다.

서른이 되면 불안정한 마음이 갈피를 잡을 줄 알았다. 무얼 원하고 무얼 피해야 할 줄 아는 어른이 될 거라는 기대에도 아랑곳 없이 나는 여전히 몇 초 사이에 빠르게 불리고 사라져 버리는 이름에도 긴 생각에 잠기는 사람이다. 바삐 걷는 사람들 사이에서 홀로 멈춰 있는 내가 때때로 불만스럽지만, 무엇이든 그냥 지나치지 못하고 하나하나 뜯어보고야 마는 애라이기에 매일 써도 종이가 부족한 가랑비가 될 수 있는 게 아닐까.

시간이 더 흐르고 나면 나를 무엇이라 부르든 상관없는 사람이 될 수 있을까. 글쎄, 아직은 잘 모르겠다. 지금은 그저 나를 애라야, 하고 부르는 이들의 목소리를 조금 더 듣고 싶다. 가라앉았던 섬이 다시 떠올라서 육지가 될 수 있게. 눈물의 바다를 건너지 않고도 애라에서 가랑비로, 가랑비에서 애라로 조금 더 자유롭고 자연스러운 왕래를 할 수 있도록.

물들지 않는다는 소식

이번 가을에는 단풍이 물들지 않는다는 소식을 들었다. 이르게 찾아온 한파 탓이라고 한다. 봄의 벚꽃보다 여름의 초록보다 겨울의 설원보다 가을의 단풍을 기다리는 내겐 슬픈 소식이었다. 이번 달 마감만 끝나면 난생처음으로 단풍 여행을 떠나기로 했었기에 허무하기까지 했다. 언제 시간을 내고 어느 산이 좋을지만 생각하느라 정작 단풍이 물들고 있는지에 대해서는 무감했다. 10월에도 여전히 푸릇한 거리의 나무들을 올려다보면서도 그저 늦어지는 줄로만 알았지, 가을을 파랗게 보내줘야 할 줄은 몰랐다.

가을은 언제나 짧다. 이토록 짧은 계절을 그토록 기다렸어도, 나의 가을은 언제나 미처 끝내지 못한 여름의 뒤치다꺼리와 이르게 시작되는 겨울나기 준비 탓에 제대로 된 인사를 나눌 겨를도 없이 왔다가 스르륵 소리도 없이 자취를 감췄다.

가을이 애틋한 이유는 나란히 걷고 마주 보는

시간보다 기다림이 길기 때문일지도 모른다. 오는 것도 가는 것도 모르고 내내 그리워만 하는 계절이라는 생각 끝에 문득, 가을 몫의 기다림도 있지 않을까 하는 물음이 번진다. 짧은 가을을 아쉬워 하면서도 좀처럼 오롯한 시간을 내어준 적 없는 이들을 가을도 기다렸을까? 휴가도 방학도 없이 바쁘게 걸음을 옮기는 사람들을 보며 가을은 어떤 마음이었을까. 짧은 탄성, 찰나의 시선만으로는 충분하지 않아서 더는 묻들지 않기로 한 건 아닐까.

가을을 그다지 좋아하지 않는다는 J가 집짓 심각한 얼굴로 전해준 단풍이 물들지 않는다는 소식에, 존재는 부재로 더욱 선명해진다는 오래된 말을 떠올렸다. 당연한 약속처럼 마주했던 울긋불긋한 색은 희미하지만 그럼에도 가을을 만끽하기 위해 밖을 나섰다. 아파트 단지를 빠져 나와서 산책로를 거닐며 다짐했다. 좋아하는 만큼 더 오래 자세히 들여다 봐주겠다고. 기다렸던 만큼 반가운 마음으로 기꺼이 나의 시간을 내어주겠다고. 전전긍긍하며 보내주어야만 했던 가을은 올해까지로 해두고, 다음 가을에는 방학을 마련하기로 했다. 가을 방학의 숙제는 오롯이 가을을 탐구하는 것, 무르익어가는 계절에 섬세하게 반응하고 천천히 음미하는 것으로 정했다.

윤슬이 반짝이는 하천을 따라 걷다, 푸른 단풍잎 끝에서 손톱만큼 번진 붉은 빛을 발견했다. 옅은 색에도 반가움으로 가슴이 뛴다. 가을만이 아니라 사랑하는 것들 앞에서는 언제라도 성실하게 마음을 전해야겠다는 뜨거운 열의가 번진다. 단풍보다 마음이 먼저 물들어간다는 소식을 전한다.

서로의 나레이션을 들을 수만 있다면

우연히 취향을 묻는 이와의 대화를 통해 알게 된 사실이 하나 있다. 내가 좋아하는 영화와 드라마에는 모두 내레이션이 있다는 것. 언제부터였을까. 모든 인물에게 공평한 거리를 둔 채 흘러가는 서사보다는, 누군가의 좁은 시선을 따라 흘러가는 서사에 마음이 더 갔다. 쓰는 삶의 자리가 나로 하여금 이야기 밖의 관망자보다는 누군가의 편에서 마음껏 참견하는 사람이 되고 싶게 만들었을지도 모른다.

어쩌면 그보다 묘한 동질감 때문이었을지도 모르겠다. 혼잣말에 가까운 내레이션으로 서사를 이끌어 나가는 이들은 언제나 완벽보다는 미완에 가깝고 조금은 외로운 사람들이었으니까. 진심은 늘 속으로 삼키고 비겁함과 찌질함을 치사한 나레이션으로 합리화하며 반 발자국의 용기를 내는 게 두려워 오해를 사는 사람들. 그다지 닮고 싶지 않지만 나도 모르게 마음이 가는 인물들은 빈 방에서만 수다스러웠다. 조금은 미심쩍은 그들의 해설을 가만히 따라가다 보면 어느새 그들을 변호하고 싶어졌다. 저 이가 저토록 못되게 구는 것에는 다 이유가 있다고, 누구나 제 몫의 서글픈 사연쯤은 있는 거라고.

어설프게 못돼서 더 짠한 그들의 서사를 따라가다 보면, 결코 그 누구에게도 이해받지 못할 사람은 없을 거라는 생각이 든다. 우리가 서로를 이해하지 못하고 미움의 편에 서게 되는 것은 결국 서로의 시간을 미처 다 헤아릴 수 없기 때문이 아닐까? 만일 우리의 삶에도 한 편의 영화처럼 내레이션이 있다면, 그리하여 떨리는 목소리로 전해지는 사사로운 해설을 들을 수만 있다면 많은 게 달라질 수 있지 않을까. 기억 깊은 곳에 가둬둔 미움과 증오의 포로들을 석방시켜줄 수도 있을 거다. 나 역시 누군가가 채워둔 족쇄를 풀고 해방될 수 있을 테고.

'그녀는 이유 없이 잠 못 들던 새벽이 지나고

늦은 아침이 돼서야 눈을 떴다. 갈증이 났지만 냉장고에는 오래된 주스 외에는 마실 것이 없었다. 싱크대 앞을 잠시 머뭇거리던 그녀는 물 잔에 수돗물을 가득 채워 입으로 가져갔다……. 몇 번이나 망설였지만 결국, 해야만 했던 말은 미루기로 했다. 그 대신 그가 듣고 싶어 하던 말을 챙겨 그에게 찾아가기로 했다……. 그제서야 그녀는 뜨거워진 휴대폰을 머리맡에 둘 수 있었다. 차가운 이불을 머리끝까지 덮어두고는 조용히 기도하듯 눈을 감았다.'

언제부터인지는 기억나지 않지만 삶이 무료하게 느껴질 때면 머릿속으로 혼잣말을 하듯 하루의 내레이션을 이어나가곤 한다. 관객 없는 모노 드라마의 내레이션은 이따금 짧은 소설의 시초가 되기도 하였지만 대체로 아무도 모르게 시작되어 아무도 모르게 맺었다. 매일 같이 글을 쓰는 일이 머릿속까지 번져서 끊임 없이 문장을 만들어내는 것이라 생각했는데 돌이켜 보면 다름 아닌 나를 이해하기 위한 일이 아니었을까 하는 생각이 든다. 아, 외마디의 탄식을 뱉을 때 소리를 내는 것도 듣는 것도 내가 가장 먼저인 것처럼 마음속으로 이어나가는 해설과 변명 또한 가장 먼저 나에게 도착하니까.

영화 속 내레이션을 통하여 그들의 오만과 서툰 모습까지도 이해하고 사랑하게 된 것처럼 나의 나레이션의 종착지도 나를 향한 이해와 사랑일 거다. 들키고 싶지 않은 비겁함과 찌질함을 외면하고 싶을 때마다 침묵하는 대신 이제는 조금 더 적극적으로 나를 고백하고 변호하고 싶다. 약간의 거리를 둔 채 나라는 사람을 바라보는 시선을 통해 그 누구보다도 든든하고 가까운 나의 친구가 내가 될 수 있을지도 모른다.

여전히 남겨진 몫

안경 코 받침 하나가 부러진 게 벌써 한 달도 더 된 일이다. 처음보다 더 기울어진 안경은 지금도 내 코와 귀에 걸쳐져 있다. 고무 받침이 사라진 자리에 삐죽 고개를 내민 날카로운 나사 끝은 결국 콧등에 작은 상처를 냈다. 조금 불편한 수준이었던 나사가 점점 위협적이 되자, 작게 돌돌 만 휴지 조각을 코 받침 삼아 끼워두었다. 멀리서 보면 감쪽같아도 조금만 가까이에서 이야기를 나누면 금세 이상한 점을 발견할 수 있는 탓에 만나는 이들마다 내게 왜 그리 궁상이냐며 핀잔이다.

"글쎄, 이만해도 충분해."

그때마다 나는 뚜렷한 변명을 하지 못한다. 특별한 사연이 있는 안경도 아니고 시간과 돈이 없어 안경을 바꾸지 못하는 게 아니었다. 조금 불편하기는 해도 안경알에는 문제가 없었다. 그것이면 충분했다. 구부러지던 부러지던 여전히 쓸

모가 있다면 버리지 않는 것, 그것은 내 오랜 삶의 태도였다.

어릴 적부터 한번 품에 들어온 것은 쉽게 놓지 않았다. 안경, 샤프, 신발. 무엇이든 부러지거나 망가진 것만으로는 버려질 이유가 되지 못했다. 각별한 애착이나 특별한 사연 없이도 그랬다. 분명한 불편함과 수고로움이 있기에 새로 사야겠다고 매번 다짐을 하면서도 손때 묻은 물건에 계속 손이 갔다. 스프링이 망가진 볼펜도 잉크가 남아 있으면 얇은 펜심을 힘껏 붙잡으며 썼고, 부러진 립스틱은 새끼손가락으로 찍어가며 발랐다. 가방 끈이 끊어지면 매듭을 묶어 메고 다녔다. 전부 얼마든지 새로 사면 그만인 비싸지 않은 것들었지만 좀처럼 버리지 못했다. 마치 망가진 물건들을 대변하기라도 하듯 그들의 쓸모를 찾아내며 수명을 연장시켰다.

그리하여 한번 손에 들어온 펜은 잉크가 닳기

전까지, 화장품은 바닥을 보이기 전까지, 가방은 찢어져 물건을 담을 수 없게 되기 전까지는 버려지지 않았다. 조금 볼품은 없어도 아직 그들에게는 제 몫이 남았다는 생각 때문이었다. 여전히 예리한 펜촉이, 뭉툭한 립스틱과 잘 길들여진 가방의 감촉이 그들에게 남겨진 몫이자 가치처럼 느껴졌다.

특별할 것 없는 이유를 열거하는 나를 이해해줄 사람은 많지 않겠지만, 때마다 새 것으로 갈아치워지는 소모품들이 서글프게 느껴지곤 한다. 한낱 물건에 애틋한 미련 같은 것을 느낀다고 하면 조금 이상해 보일지도 모르겠지만, 주어진 몫을 다해 보지도 못하고 뒤편으로 사라져야 하는 것을 볼 때면 사람이든 사물이든 마음이 편치 않다. 내 곁에 온 것만큼은 조금 더 기다려주고 싶다. 단추가 툭 떨어져나가고 색이 바래고 상처가 늘었어도 여전히 제 몫을 다할 수 있다면 등을 떠밀고 싶지 않다. 조금 더 불편을 감수하며 느린 인사를 전하고 싶다.

가을에게 배운 것

예민한 내면을 지닌 사람이라서 상대적으로 외부 환경에 쉽게 흔들리지 않는다. 그럼에도 불구하고 예측할 수 없는 변곡점을 맞이하는 때는 9월과 11월 사이에 점잖게 놓인 계절, 가을이다.

남들보다 먼저 긴 팔을 찾아 입으며, 창밖으로 흔들리는 나무를 바라보며, 선선한 바람 사이로 스며든 가을볕에 벌겋게 익은 뺨을 감싸며 가을을 알았다. 매일 지나는 가로수길의 푸른 은행잎이 노랗게 익어가는 걸 보면서, 그 아래 떨어진 은행 알알을 밟으면서, 환절기라는 단어를 배우기도 전에 환절기를 느끼며 자랐다.

중학생 때였을까. 가을이면 떠오르는 것을 그리는 시간이었던 것으로 기억한다. 친구들은 가을볕에 익어가는 곡식과 과일을 그렸다. 소쿠리 한가득 담겨 있는 가을의 풍성한 결실들. 알록달록한 그림들 사이에서 나의 도화지가 담아낸 것은 잎이 모두 진 앙상한 나뭇가지였다. 나의 가을은 홀로 무채색이었다. 제 일에 열중하기 시작하면 주변을 살피지 못하는 건 그때부터였을까. 마지막 선을 긋던 순간까지도 나의 가을이 친구들과 다르다는 것을 눈치채지 못했다. 완성된 그림들을 붙여 놓은 게시판 앞에서 몇 번이나 걸음을 멈추었다. 풍요로운 가을의 조각들 가운데 홀로 메말라 있던 나의 가을은 단연 돋보였다. 하지만 소외감은 조금도 느끼지 않았다. 가을이라는 한 계절 가운데 주목하고 있는 것이 달랐을 뿐, 우리의 가을 중 어느 것도 틀리지 않다는 것을 알고 있었다.

누군가에게는 무르익은 풍성한 계절이지만 다른 누군가에게는 말라 부서지는 계절. 하나의 물음에도 수많은 답이 있을 수 있다는 것을 나는 가을을 통해 배웠는지도 모른다. 가을은 내게 늘 무언가 가르쳐 주었다.

·

늦여름에도 마중하는 마음으로 가을을 기다렸다. 조금씩 해가 짧아지고 선선한 바람이 불어오면 창밖을 조금 더 유심히 바라봤다. 느리게만 느껴지는 계절의 변화는 언제나 무심한 인간들이 잠이 든 틈을 타, 속도를 낸다는 것을 알게 된 후로 더 자주 밖을 나섰다. 소리 없이 무르익어가는 거리를 조금이라도 더 빨리 눈에 담고 싶었다.

그러나 올해는 유난히 고된 여름을 지나는 중이었다. 눈앞의 숙제를 해치우는 것에 급급해 하는 사이에 가을은 마중 나갈 틈도 없이 도착해 있었다. 이번에는 가을이 먼저, 내 곁을 깊이 파고들었다. 온종일 바라보는 모니터에 선명하게 비치던 맑은 가을 하늘과 아침마다 조금씩 당기기 시작하는 맨얼굴, 티셔츠 안으로 흘러 들어오는 선선한 바람. 알은체를 해달라는 것만 같은 가을의 기척이 고마워서 오늘은 우체국을 다녀오는 길에 버스를 타려다 말고 그림자를 길게 늘어뜨리며 걸었다.

몇 주째 이어진 출간 준비는 한창 진행 중이었고 해결해야 일이 여전히 나를 기다리고 있지만 하루쯤은 불성실해져도 괜찮지 않을까 싶은 오후였다. 선선하게 불어오는 가을바람에는 일탈을 꿈꾸게 하는 힘이 있다. 맑은 하늘에는 선명한 모양을 한 구름들 사이로 노을이 번지고 있었다. 시시각각 변하는 노을빛과 구름의 모양이 아쉬워서 고작 몇 걸음을 걷다 멈추고 카메라 셔터를 눌러댔다.

　작업실에 돌아와 사진을 확인해 보니 맞은편 건물 앞 커다란 은행나무가 어느새 노랗게 물들었다. 작년 가을 이맘때쯤 작업실에 입주할 때 가장 먼저 눈에 들어왔던 은행나무였다. 횡단보도를 건너갈 때마다 손을 흔들어주던 노란 은행잎들이 다시 돌아온 것을 보니 열두 달을 약속한 작업실을 떠날 날이 정말 얼마 남지 않았다는 것을 실감했다. 시간의 흐름을 실감하는 데 계절보다 선명한 것은 없다.

창밖으로 은행나무를 바라보며 이곳에서 마주했던 얼굴들을 떠올렸다. 난생처음 갖게 된 나만의 공간에서 주고받은 이야기와 내놓은 책들, 울고 웃었던 기억이 많다. 그 순간들을 하나하나 떠올려보다 먹먹해졌다. 평소라면 위태로운 감정은 사치라며 고개를 흔들며 스케줄러에 고개를 묻었을 테지만, 얼마 남지 않은 공간과 감정이었다. 작업을 잠시 미뤄두고 옥상으로 향했다.

남향으로 난 작업실 창에서 사라졌던 노을이 건물 뒤쪽으로 넘어가는 중이었다. 작업실에서 보낸 일 년간 실내를 붉게 물들이다 사라졌던 노을이 매일 이렇게 옥상 위의 하늘을 붉게 물들이다 뒤편으로 넘어갔을 거라는 사실을 새삼 깨달았다. 해가 뜨는 곳에서는 해가 지는 것을, 해가 지는 곳에서는 해가 뜨는 곳을 볼 수 없지만 해는 언제나 변함 없이 흘러가고 있다는 사실이 부진한 나의 가을을 위로하는 것 같았다. 찬란한 시절이 다 지나간 것만 같아도 보이지 않는 어딘가 잠시 웅크리고 있다가 다시 찾아올 준비를 하고 있다고. 어두워지는 하늘 바라보며 소리 없이 눈물을 흘렸다.

머무름 없이 흘러가는 시간 가운데 어렵게 움켜쥔 것을 내려놓아야 할 때가 찾아온다. 모든 게 이대로 저물어버린 것만 같겠지만 어둠 뒤에 어둠만이 남아 있는 것은 아니다.

작업실에서는 사라져 보이지 않던 늦은 오후의 해가 건물 뒤편에서 여전히 아름다운 빛으로 무르익어가고 있었던 것처럼 다 끝난 것만 같은 순간에 다시 시작되는 이야기가 있을 거라 믿는다. 많은 것을 떠나보내야 하는 나에게 가을이 값없이 가르쳐 준 것이다.

흔적을 읽는 계절

'아무도 모르게 오르고 내리던 영화. 저조한 시청률의 드라마. 오래된 노래와 낡은 책.'•

　친구들의 이름이라도 대듯 숨도 쉬지 않고 나열할 수 있는 나의 오랜 취향에는 따라오는 질문이 있다.

　"작은 영화, 취향의 드라마, 오래된 노래는 알겠는데 낡은 책은 뭐야?"

　낡은 책을 좋아한다. 모서리가 찍히고 코팅이 벗겨진 표지와 구겨지고 접힌 흔적이 가득한 페이지, 누군가 그어둔 밑줄이 듬성듬성 발견되는 책은 새 책보다 더 나를 설레게 한다. 책의 출간 시점이 얼마나 오래 되었는지는 중요하지 않다.

•　저서『언젠가 머물렀고 어느 틈에 놓쳐버린』수록글. 중심보다 가장 자리에 머물러 있는 존재들을 조명한 짧은 소설과 문장들로 이루어진 장면집이다.

그보다 책이 얼마나 오래, 자주 펼쳐졌는지를 가늠하는 일에서부터 책에 대한 애정이 시작된다. 내가 아닌 누군가가 먼저 사랑했을 책, 나의 옆구리에 닿기 전에 누군가의 무릎 위에 오래도록 앉아있었을 책, 나의 늦은 밤을 위로하듯이 누군가의 한낮을 함께 거닐었을 책이라면 충분하다.

마음이 한껏 외로워질 때면 한낮의 여름에도 짙은 겨울밤에도 먼 걸음을 떼며 동네에는 없는 중고 책방을 찾는다. 원하는 책을 만날 확률은 크지 않지만 뜻밖의 책을 만나는 행운이 때때로 나를 기다리고 있는 곳에 닿으면 마음이 편해진다.

건조한 종이 냄새와 습한 곰팡이 냄새가 한데 어우러져 묘한 냄새를 풍기는 책장 사이를 미로처럼 헤매다 발견한 책은 취향을 넘어서 깊숙한 위안이 된다. 바코드 위에 삐뚤게 붙여진 할인가 스티커마저 가난한 내 마음을 헤아려주는 것 같아서, 유독 세상살이가 퍽퍽하게 느껴질 때마다 숨바꼭질을 하듯 책장 속을 집요하게 파고든다. 낡은 책을 한 권 두 권 품에 안고 나면 오래된 선호의 이유는 선명해진다.

"쓰는 일은 철저히 혼자라, 가끔은 읽는 일이라도 함께하는 기분을 느끼고 싶거든."

하나의 책을 함께 읽는 일이, 어릴 적 교실 안에서 하나의 교과서를 짝과 함께 나누어 보던 순간에만 가능한 게 아니라는 걸 낡은 책들과 함께하는 계절에서 배웠다. 깜빡거리는 전구 아래에서 훔치듯 데려온 책을 환한 거실에서 다시 펼쳐 읽으며 희미하게 남겨진 연필 자국을 매만질 때면 책보다 먼저 궁금해지는 것이 있다.

그의 직업은 무엇일까. 그는 이 책을 어떤 이유로 읽게 되었을까. 끝까지 읽었을까, 나처럼 읽다 포기했을까. 낡은 책을 펼칠 때면 나는 하릴없이 상상의 세계로 이끌려 간다.

조심스럽게 그어진 밑줄과 이따금 운 좋게 발견하는 짤막한 메모는 수계절의 간격을 두고 함께 책을 읽는 이에 관한 귀중한 힌트가 된다. 눈물자국인지 침 자국인지 알 길 없는 동그랗게 젖은 흔적을 볼 때면 지나쳤던 페이지도 다시 더듬어 보게 된다. 그러고는 아, 탄성을 지르기도 한다. 마치 누군가의 안내라도 받은 것처럼 전에는 보이지 않던 의미를 깨우치며 깊은 여운을 느끼는 독서는 무한정 길어진다.

　교과서를 넘기다 말고 꼭 붙어 앉은 짝꿍과 시시콜콜한 이야기를 나누느라 진도를 놓쳤던 것처럼 이따금 텍스트 바깥의 흔적들을 들추느라 책의 내용을 놓치기도 한다. 낡은 책에는 작가가 펼쳐놓는 이야기뿐만 아니라 작가도 모르는 은밀한 이야기가 하나 더 담겨 있는 셈이다.

　새 책에서는 결코 만날 수 없는 사적인 흔적을 읽는 일의 기쁨은 결코 사소하지 않다. 나로 하여금 더 많은 문장을 쓰게 하는 힘이 되기도 한다.

낡은 책을 들춰보기 좋아하는 나의 취향은 사람을 향한 시선에도 묻어 있다. 사람을 새 것과 헌 것으로 나눌 수는 없지만 지나온 삶의 흔적이 자연스레 드러나는 사람에게 마음이 기운다. 흔적이 없는 사람이 있겠냐만 자신에게 남겨진 흔적을 흔쾌히 펼쳐 보이는 사람은 많지 않다.

쾌활한 표정과 흔들림 없는 목소리로 자신을 이야기하는 사람들 사이에서 나 역시 별반 다르지 않았다. 가능하다면 낡은 책보다는 양장본처럼 단단하고 매끈한 사람으로 읽혀지기를 바랐다. 지난한 시절을 견디며 너덜너덜해진 마음과 흔들리는 시선을 감추기 위해 부단히 애를 썼다. 자유하고 싶었지만 이리저리 패이고 찢어진 흔적을 꺼내놓기에는 이미 진행 중인 관계는 너무 얕거나 너무 깊었다. 속이려는 마음도 없이 사람들을 속이고 있다는 생각이 들기 시작했을 때 낡은 책 같은 사람들을 만났다.

누군가 정성스럽게 그은 밑줄과 가차 없이 구긴 흔적을 동시에 안고 있는 사람들이었다. 내가 읽기 전에 누군가 먼저 읽은 사람들에게는 세월의 먼지가 앉았지만, 조금만 시선을 두어도 어서 펼쳐서 읽고 싶은 매력이 있었다. 그들에게 나의 시선이 기우는 것은 당연했다. 시선이 애정으로 번지는 것은 시간 문제였다.

사람은 책과 달라서 이따금 지난 흔적에 뒤늦게 옅은 질투를 느끼기도 했지만 그보다 큰 안도를 느꼈다. '이 사람, 참 오래 사랑받아왔구나.' 흉터와 같은 흔적을 발견할 때면 슬퍼하는 대신 '이 사람, 그래도 잘 버텨왔구나.' 하며 잠잠히 대견해 했다. 흔적을 더듬으며 사람을 읽는 일이 얼마나 사랑스러운 일인지 알게 되자 나도 한 꺼풀 한 꺼풀 벗기 시작했다. 조금만 펼쳐 보아도 내가 가진 우물 같은 흔적, 트로피 같은 흔적을 누구든 읽을 수 있도록.

어릴 적에는 아무 흔적 없는 사람을 원하기도 했다. 한강에서 함께 자전거를 타는 것도 함께 영원을 약속하는 것도 내가 처음이기를 바랐다. 내게 당신이 처음인 것처럼 당신도 내가 처음이기를. 그리하여 서로가 서로에게 처음이자 마지막 흔적이기를 바랐다. 가능할 리 없는 어리석은 바람으로 나의 한때를 채워주던 그들에게 내가 남긴 흔적은 얼마나 깊고 날카로웠나. 지금 떠올려보아도 고개를 젓고 만다.

그러나 이제는 사람을 사랑할 때 그의 흔적까지 안고 싶다. 밑줄도 찢김도 나의 역사처럼 받아들인 것처럼 내가 닿지 못한 그의 역사를 하나하나 배워 나가는 마음으로 알아가고 싶다. 그러다 보면 언젠가 나라는 책에 남겨진 흔적마저 한 편의 시처럼 읽어줄 누군가 만날 수 있지 않을까.

라디오를 듣다가

열심히 달려도 끝이 보이지 않을 때

긴 터널 속을 지나는 것처럼 어두운 날들,

살아가다 보면 그런 순간이 있어요.

아무리 노력해도 도저히 되지 않을 때

인정받고 싶은데 아무도 나를 돌아봐주지

않는 것 같을 때. 저도 그런 적이 있어요.

텅 빈 작업실, 커다란 테이블에 홀로 앉아 있다가 무심코 틀어둔 라디오에 마음을 들킨 저녁이었다. 출간 준비가 길어질 때면 날선 감정을 마주하고는 한다. 활자들과 씨름하는 새벽이 영원히 끝나지 않을 것만 같은 생각이 찾아온다. 긴 뜀을 마치고 마침내 밖을 나선 책을 어떻게 읽어줄까 하는 기대와 불안 사이를 배회하는 마음을 모른 척하고 싶었는데,

"저도 그런 적이 있어요-."

가만한 목소리에 간신히 붙잡았던 얇은 끈이 탁

풀리는 것만 같았다.

나를 무방비 상태로 만든 목소리의 주인은 다름 아닌 언니였다. 교회 청년부 라디오 채널에서 흘러나오는 언니의 목소리에 옅은 떨림과 미묘한 감정이 묻어 있음을, 나는 알아챌 수 있었다. 우리가 지금 어떤 겨울을 지나고 있는 중인지 잘 알고 있기 때문이었다.

웅크린 계절쯤으로 말할 수 있을 거다. 겨울잠이 아닌, 언제라도 다시 시작할 전투를 위해서 우리는 몸을 작게 웅크린 채 긴 터널처럼 캄캄하고 서늘한 계절을 버티는 중이다. 당장은 이 겨울이 영원할 것처럼 느껴져도 마침내 봄이 와준다면, 푸른 들판을 향해 전속력으로 달려가겠다는 마음으로.

혼자였더라면 진작 무너졌을지도 모를 어둔 겨울을 언니와 함께할 수 있다는 사실에 안도하기도 했지만, 때로는 이토록 불안한 길을 걷는 건

나 하나였어도 충분하지 않았을까 생각했다.

그러나 그런 생각은 오래가지 않았다. 읽는 것보다 쓰는 것이 행복한 나와 카메라 프레임 안팎을 자유롭게 오가는 일에 기쁨을 느끼는 언니를 누구보다도 잘 알고 있기 때문이었다. 우리는 서로의 꿈에 무한한 응원을 전하는 것뿐만 아니라 깊은 공감을 느끼는 유일한 존재였다.

서로에게도 들키고 싶지 않은 침체기가 종종 찾아오기도 한다. 다 알아도 모른 척 넘어가 주기을 바라는 시간. 나에게는 요즘이 그랬다. 무거워진 마음을 숨기고 싶어서 집보다 작업실에서 더 많은 시간을 보내던 중에 정적이 싫어서 틀어둔 라디오에서, 꼭 내 마음만 같은 언니의 고백을 듣게 된 거다.

얼굴만큼이나 목소리도 닮은 우리였기에 떨리는 목소리가 전하는 이야기가 마치 나의 독백 같았다. 설명하기 힘든 감정을 입 밖으로 뱉고 나면 주체할 수 없이 흔들릴 것만 같아서 침묵으로 긴 시간을 보냈는데, 나를 대변하는 듯한 차분한 고백에 마음이 오히려 가벼워졌다.

열심히 달려도 끝이 보이지 않을 때
저도 그런 적이 있어요.

열심히 달려도 끝이 보이지 않는 것만 같은 순간. 그래, 그런 순간은 나뿐만 아니라 언니에게도 있겠지. 그리고 어디선가 우리와 같은 계절을 보내며 몸을 잔뜩 웅크리고 있을 당신에게도 있겠지. 그러니까 결국 누구도 혼자는 아닐 테지.

아득한 겨울을 버티고 있을 이들을 떠올려 보는 것만으로도 곁에 작은 온기가 퍼지는 듯하다. 어쩌면 겨울의 끝은, 새 계절의 시작은 이렇게 오고야 마는 것은 아닐까. 작은 한숨과 온기를 주고받으며.

제아무리 길어봤자 이미 시작된 겨울은 이제 끝을 향해 나아가는 중이다. 나의 짙은 고독도 어제보다 오늘 더 옅어지는 중이다. 오늘은 이만 일찍 집에 들어가야겠다. 언니에게 나의 겨울의 시작을 알려야겠으니까.

• 그녀는 이제는 청년부 라디오를 진행하지 않는다. 유튜브 [여름비누] 채널에서 <썸머나잇>이라는 이름으로 짧은 라디오를 게재하고 있다. 여름을 사랑하는 그녀의 목소리에는 여름의 따사로운 햇살 같은 위로가 있다. 여전히 추운 마음이 될 때마다 조금씩 꺼내어 듣는 목소리다.

쳇베이커와 함께
모네를 목욕하는 저녁

'욕조가 있는 집으로 가는 게 꿈이었지.'•

　이제는 취향과 멀어진 노래의 가사를 오래 기억하는 이유가 있다. 욕조가 있는 집으로 가는 꿈이 내게도 생겼기 때문이다. 평생에 가까운 시간을 보낸 아파트를 떠난 후로 내 삶에 욕조가 사라졌다. 어른의 독립은 한강이 보이는 고층 오피스텔에서 시작되는 줄 알았는데 현실은 오래된 아파트가 그리워지는 더 오래되고 낮은 빌라였다.

　첫 독립지는 두 자매가 살기에는 그런대로 좁지 않은 곳이었지만, 문제는 긴 세월을 감추지 못하는 화장실이었다. 입주 전부터 깨져 있던 바닥의 타일과 겨울이면 오래 머물기가 꺼려질 만큼 외풍이 심한 벽, 복불복 수준으로 변덕스럽던 수

•　그레이, <하기나 해 (Feat. Loco)>

온은 지친 심신을 긴 목욕으로 달래던 오래된 습관을 바꿔 버렸다. 욕조는커녕 샤워부스도 없이 헤치우는 짧은 샤워는 오래된 노래를 습관처럼 흥얼거리게 했다.

욕조 없는 생활은 생각보다 빠르게 적응되었다. 겨울에는 화장실에 간이 라디에이터를 가져다 두었고 묵은 피로들은 이따금 찾는 동네 목욕탕에서 천천히 오래 흘려보냈다. 그렇게 3년이 흘렀고 생각보다 빠르게 내 삶에 다시 욕조가 들어섰다.

첫 작업실•은 보기 드물게 큰 욕조가 있는 신축 오피스텔이었다. 계약할 공간을 찾을 때 욕조를 우선적으로 생각한 것은 아니었지만 은근하게 바라고는 있었다. 그 바람이 응답이 되어 광활한

• 2018.11-2019.11 열두 달 머물렀던 작업실

거실보다도 아늑한 방보다도 더욱 마음이 가는 깊은 욕조를 갖게 되었다. 그리하여 하루 끝 긴 목욕이라는 습관을 다시 이어나갈 수 있게 됐다.

긴 시간 원고를 쓰고 난 후에는 욕조 안에 길게 누워서 보내는 시간을 보상처럼 누렸다. 욕조에 물을 채우다 말고 모락모락 올라오던 김을 바라보며 감상에 젖기도 했다. 유난히 춥던 지난 겨울 아침에 목욕을 하기 위해 길을 나섰던 기억, 여행 중에 욕조가 있는 방에 묵을 때면 아무리 늦게 돌아오더라도 기어코 욕조에 몸을 누이던 기억. 누군가에게는 겨우 욕조일지도 모르지만 내겐 다 전할 수 없을 만큼 비밀스러운 감정과 사연이 흐르는, 가장 은밀하고 깊은 공간이 욕조다.

지난밤에는 욕조를 채우며 쳇 베이커 모음곡을 들었다. 물이 채워지는 소리 위로 쓸쓸한 재즈가 흘렀다. 따듯한 김이 거울과 시야를 뿌옇게 만드는 사이에 작은 조명을 켜두고 모네의 삶이 담긴 책을 펼쳤다. 종아리가 잠길 정도로 물을 채운 욕조 속에 몸을 웅크린 채 모네의 삶을 읽어내려 갔다.

'그는 이제 완전히 자리를 잡았고 자신의 입지를 다져야겠다는 강한 의욕도 보입니다. 그가 우리 유파에서 주도적인 위치를 차지하게 될 것 같은 생각이 듭니다.'

'제1장 살롱전의 낙선자'에서 '제2장 인상주의의 전성기'로 넘어가는 모네의 삶을 따라가며 무엇이든 조금씩 나아지고 있다고 믿고 싶었다. 무릎 아래를 찰랑거리는 부드럽고 따뜻한 물결이 내 남은 젊음이 마주할 다정한 파도의 복선이 되어주기를 바랐다.

나에게 전성기는 아직이고 여전히 누군가의 욕조를 빌려 쓰고 있지만 어설프게나마 자리를 잡아가는 중이고, 더 잘 해내고 싶다는 의욕이 어느 때보다 짙은 겨울이니까 조금만 더 나아가다 보면 이전과는 다른 위치를 차지할 수도 있지 않을까.

나른해지는 기운에 책을 덮고 두 눈을 감았다. 감은 눈꺼풀 위로 흔들리는 노란 조명과 작게 들려오는 쳇 베이커의 재즈는 유난히 어두웠던 2월의 어느 밤, 프라하의 작은 골목에 자리한 재즈바를 떠올리게 했다.

모두가 돌아간 늦은 밤까지도 나는 가장 안쪽 자리에 푹 잠기듯 앉아 있었다. 난생처음 닿은 유럽, 그토록 바랐던 재즈바. 꿈만 같던 순간을 가능하면 가장 오래 머물고만 싶었다. 결국, 즉흥 앵콜곡 대서사시의 끝을 보고 늦은 새벽에서야 숙소로 돌아올 수 있었다. 침대에 엎어지면 바로 잠이 들 것 같았지만 발뒤꿈치를 들고 살금살금 욕실로 향했다. 룸메이트가 깨지 않도록 조심스럽게 욕조에 물을 받았다. 늦은 새벽에도 호사스러운 목욕은 포기 할 수 없었다. 작게 틀어둔 물이 욕조를 채울 때까지 꾸벅꾸벅 졸며 하루를 몇 번이나 되감아 봤는지 모른다. 마침내 좁은 욕조에 몸을 구겨 놓은 후에는 그날 들었던 재즈를 작게 흥얼거렸다. 기분에 따라 마음껏 변주해 가며. 모든 것이 선명한 꿈처럼 느껴지던 밤이었다.

온몸을 감싸안는 따듯한 물, 찬 공기에 차가워진 코, 아무도 없는 조용한 공간. 감았던 두 눈을 뜨면 프라하의 어느 호텔 좁은 욕조일 것만 같은 기분이 든다.

지극히 현실적인 현실을 잠시나마 잊고 싶을 때면, 먼 길을 떠나는 대신 나는 쳇 베이커와 함께 모네를 목욕하기로 했다.

손해보는 삶

오래된 관계에서 새로운 사랑을 기대할 수 있다. 새 계절이 올 때마다 새로운 싹이 돋고 꽃이 피는 것처럼. 가려운 마음을 꺼내어 사랑을 이야기하면 새로운 사랑은 응답이 되어 돌아온다. 때로는 너무 작아서 희미할 수도 있고 너무 늦어서 목이 탈 수도 있겠지만 그럼에도 불구하고 반드시 오고야 만다.

울창한 나무 사이로 연약하게 흔들거리는 들풀도 그 오래전 누군가 흩뿌린 씨앗에 대한 선명한 응답이다. 부끄러움을 무릅쓰고 얕은 손해를 감수하며 우리가 사랑해야 하는 이유는 이 세상 어디에나 있다.

저서 <지금, 여기를 놓친 채 그때, 거기를 말한들>
수록글, 새 사랑

밖을 나서기 전에 새기는 다짐이 있다.

하나, 내가 가진 오늘의 행복과 만족을 내일
을 위해서 아끼지 않을 것. 모두 흘려보낼 것.

둘, 조금 손해볼 것. 그것이 가져다줄 기쁨을
미리 헤아려보지 않을 것.

셋, 내가 아는 것만큼만 이야기하고 후회하지
않을 만큼 나눌 것.

이 세 가지를 지키겠다고 마음먹은 이후로 삶
의 속도가 조금 느려졌다.

급한 일을 처리하다가도 갑작스럽게 찾아오
는 이들의 연락을 미루지 않는다. 밀린 업무를 끝
내고 이제 막 시작된 나만의 시간을 비집고 울리
는 전화기를 뒤집어 놓지 않는다. 나를 찾는 이들
을 기꺼운 마음으로 마주하는 것뿐만 아니라 때
때로 먼저 오랜 공백을 깨며 안부를 묻는다. 좀처
럼 연락을 하지 않는다며 오랜 핀잔을 받아온 내

가 이제는 버스와 지하철을 갈아타고 그들이 있는 곳으로 깊숙이 들어간다. 함께 비운 음식 앞에서 내 몫의 값이 아니라 우리의 값을 지불하기 위해 서둘러 자리를 털고 일어선다.

쫓기듯 걷는 것은 불가피한 습관이었다. 주어진 것보다는 스스로 해내야 하는 게 더 많다는 것을 알게 된 후로 내 시간, 내 일에 무섭게 몰두했다. 그 외 다른 선택지 앞에서는 늘 이 정도면 충분하다는 주문을 외며 적당한 마음을 쏟았다.

감정을 돌보는 일과 소소한 취미는 물론이고, 곁에 있는 이들에게까지 '무리하지 않는 선'이라는 벽을 세워둔 채 적당한 마음을 주고받았다. 어쩌면 받는 것은 늘 넘쳤지만 주는 데만 인색했는지도 모른다.

어느 날 문득, 녹록하지 않은 현실을 변명 삼아서 한껏 미지근해진 나를 발견하지 못했더라면 나는 얼마나 더 식어버렸을지 모를 일이다.

지금은 도저히 시간이 없으니 다음에 전해도 된다고 생각했던 마음은 자주 잊혀졌고, 그러는 사이 때때로 사람들을 잃었다. 그럴 때마다 '이러려던 게 아니었는데…'하는 회한의 파도가 밀려왔다. 더는 무력하게 떠밀려 가지 않기 위해서 누구도 잃지 싶지 않아서 작은 다짐들을 하나씩 늘리기 시작했다. 얄팍한 계산과 이기심을 던지고 보다 깨끗한 애정으로 사람들을 마주하기 위해서 밖을 나서기 전에 몇 번이고 다짐을 한다.

하나, 내가 가진 오늘의 행복과 만족을 내일을 위해서 아끼지 않을 것. 모두 흘려보낼 것.

…

이제는 넘쳐흐르는 마음을 잠그지 않는다. 조금 더 선명하게 마음을 전하는 일은 수고스럽고 이전에는 없던 쑥스러움과 작은 손해도 있다. 모든 감내에도 불구하고 기대와 다른 희미한 반응에 기운이 빠지고 애써 먹었던 마음을 다시 토해 내고 싶어질 때도 있다. 그럴 때면 긴 시간 아무 불평 없이 나를 기다려준 이들을 떠올리며 마음을 다잡는다.

이제 더는 기다리게 하는 사람이 되고 싶지 않다. 내가 움켜쥔 오늘의 기쁨을 기꺼이 나누고 새롭게 채워질 내일을 기대하며 조금 더 가벼워지고 싶다. 조금 덜 쓰고 조금 더 받는 것이 현명하다는 세상과는 거꾸로 조금 더 손해를 감수하며 당신을 마주하고 싶다. 숫자를 모르는 사람처럼 관계하는 가뿐한 즐거움을 이제는 알기 때문이다.

한 뼘의 계절에서 당신은 무엇을,